जैनी मेहरबान सिंह

कृष्णा सोबती

राजकमल पेपरबैक्स

पहला पुस्तकालय संस्करण
राजकमल प्रकाशन प्राइवेट लिमिटेड द्वारा
2007 में प्रकाशित

राजकमल पेपरबैक्स में
पहला संस्करण : 2009
दूसरा संस्करण : 2019

राजकमल पेपरबैक्स : उत्कृष्ट साहित्य के जनसुलभ संस्करण

राजकमल प्रकाशन प्रा. लि.
1-बी, नेताजी सुभाष मार्ग, दरियागंज
नई दिल्ली-110 002
द्वारा प्रकाशित

शाखाएँ : अशोक राजपथ, साइंस कॉलेज के सामने, पटना-800 006
पहली मंजिल, दरबारी बिल्डिंग, महात्मा गांधी मार्ग, इलाहाबाद-211 001
36 ए, शेक्सपियर सरणी, कोलकाता-700 017

वेबसाइट : www.rajkamalprakashan.com
ई-मेल : info@rajkamalprakashan.com

बी.के. ऑफसेट
नवीन शाहदरा, दिल्ली-110 032
द्वारा मुद्रित

मूल्य : ₹150

JENNY MEHARBAN SINGH
Screen-Script by Krishna Sobti

ISBN : 978-81-267-1682-1

कृष्णा सोबती

भारतीय साहित्य के परिदृश्य पर हिन्दी की विश्वसनीय उपस्थिति के साथ कृष्णा सोबती अपनी संयमित अभिव्यक्ति और सुथरी रचनात्मकता के लिए जानी जाती हैं। कम लिखने को वे अपना परिचय मानती थीं, जिसे स्पष्ट इस तरह किया जा सकता है कि उनका 'कम लिखना' दरअसल 'विशिष्ट' लिखना था।

किसी युग में किसी भी भाषा में एक-दो लेखक ही ऐसे होते हैं जिनकी रचनाएँ साहित्य और समाज में घटना की तरह प्रकट होती हैं और अपनी भावात्मक ऊर्जा और कलात्मक उत्तेजना के लिए एक प्रबुद्ध पाठक वर्ग को लगातार आश्वस्त करती हैं।

कृष्णा सोबती ने अपनी लम्बी साहित्यिक यात्रा में हर नई कृति के साथ अपनी क्षमताओं का अतिक्रमण किया है। 'निकष' में विशेष कृति के रूप में प्रकाशित 'डार से बिछुड़ी' से लेकर 'मित्रो मरजानी', 'यारों के यार', 'तिन पहाड़', 'बादलों के घेरे', 'सूरजमुखी अँधेरे के', 'ज़िन्दगीनामा', 'ऐ लड़की', 'दिलो-दानिश', 'गुजरात पाकिस्तान से गुजरात हिंदुस्तान', 'चन्ना', 'हम हशमत', 'समय सरगम', 'शब्दों के आलोक में', 'जैनी मेहरबान सिंह', 'सोबती-वैद संवाद', 'लद्दाख़ : बुद्ध का कमण्डल', 'मुक्तिबोध : एक व्यक्तित्व सही की तलाश में', 'लेखक का जनतंत्र' और 'मार्फ़त दिल्ली' तक उनकी रचनात्मकता ने जो बौद्धिक उत्तेजना, आलोचनात्मक विमर्श, सामाजिक और नैतिक बहसें साहित्य-संसार में पैदा कीं, उनकी अनुगूँज पाठकों में बराबर बनी रही है।

कृष्णा सोबती ने हिन्दी की कथा-भाषा को एक विलक्षण ताज़गी दी है। उनके भाषा-संस्कार के घनत्व, जीवन्त प्रांजलता और सम्प्रेषण ने हमारे समय के अनेक पेचीदा सच आलोकित किए हैं। उनके रचना-संसार की गहरी सघन ऐन्द्रियता, तराश और लेखकीय अस्मिता ने एक बड़े पाठक वर्ग को अपनी ओर आकृष्ट किया है। निश्चय ही कृष्णा सोबती ने हिन्दी के आधुनिक लेखन के प्रति पाठकों में एक नया भरोसा पैदा किया। अपने समकालीनों और आगे की पीढ़ियों को मानवीय स्वातंत्र्य और नैतिक उन्मुक्तता के लिए प्रभावित और प्रेरित किया।

'ज्ञानपीठ पुरस्कार', 'साहित्य अकादेमी पुरस्कार' और साहित्य अकादेमी की महत्तर सदस्यता के अतिरिक्त, अनेक राष्ट्रीय पुरस्कारों और अलंकरणों से शोभित कृष्णा सोबती साहित्य की समग्रता में अपने को साधारणता की मर्यादा में एक छोटी-सी क़लम का पर्याय ही मानती रहीं। समय को लाँघ जानेवाला लेखन ऐसे लेखन से कहीं अधिक बड़ा होना चाहिए—साहित्य को जीने और समझनेवाले हर आस्थावान व्यक्ति की तरह यह निर्मल और निर्मम सत्य उनके सामने हमेशा उजागर रहा।

निधन : 25 जनवरी, 2019

जैनी मेहरबान सिंह

चल-चित्रीय पटकथा

इधर हाल ही में पुराने काग़ज़ों को फाड़ते हुए जैनी मेहरबान सिंह की भुरभुराती पुरानी कापी हाथ लगी। पीले पड़े काग़ज़ों के स्पर्श से बदन में झुरझुरी-सी उठ आई। पुराने बरसों का पुलिंदा। रखने से फ़ायदा ! फाड़ दो। जाने दो। फाड़ने को ही थी कि पहले पन्ने पर से अक्षर फड़फड़ाए—जैनी मेहरबान सिंह। इसी के साथ एक दूसरा नाम आँखों के सामने लहराया—स्क्वाड्रन लीडर जोरावर सिंह !

हाथ वहीं का वहीं रुक गया—रुको इतनी जल्दी भी क्या है। दशकों पहले की लिखित को तनिक पढ़कर तो देखो। दो रातों

और एक दिन में लिखा गया जैनी मेहरबान सिंह और जोरावर सिंह का यह चलचित्री आख्यान; इसमें पाठकों के लिए कुछ पढ़ने को है भी कि नहीं। कभी लगता, है। कभी लगता, नहीं है। बेकार का असमंजस। अनजाने में काग़ज़ फट ही जाते तो भी कुछ बुरा तो न होता।

अपने प्रकाशक राजकमल प्रकाशन के अशोक महेश्वरी को जिज्ञासा हुई और मैंने वह पन्ने उन्हें पढ़ने के लिए सौंप दिए। इस पाठ को प्रकाशित होना चाहिए कि नहीं—इसका अन्तिम निर्णय भी उन्हीं पर छोड़ दिया। राजकमल से यह सूचना मिलने पर कि वह इसे प्रकाशित करने जा रहे हैं, मैं जैनी मेहरबान सिंह के पाठकों से कुछ ज़रूरी तथ्य बाँटना चाहती हूँ।

सबसे पहले तो यह कि मूल रूप से जैनी मेहरबान पटकथा के पहले प्रारूप के अन्दाज़ में ही लिखी गई थी और इस पाठ का संयोग गहरे से मित्रो मरजानी से जुड़ा है।

राम महेश्वरी साहिब ने मित्रो मरजानी उपन्यास पढ़ा तो उन्हें उसमें सिनेमाई सम्भावनाएँ दीख पड़ीं। लेखक से पत्र-व्यवहार हुआ और उन्होंने मुझे बम्बई आने का निमंत्रण दिया। राम महेश्वरी साहिब अंग्रेज़ी साहित्य के प्राध्यापक रह चुके थे और अनेक सफल फिल्मों के निर्देशक भी।

'मित्रो मरजानी' के अधिकार अनुबन्ध को लेकर सब कुछ सुभीते से हो गया ! राम महेश्वरी साहिब और उनकी कार्यकारी टीम के साथ मैं शाम की बैठकों में शामिल होने लगी। फ़िल्म की नई विधा और अनुशासन की बारीकियाँ मुझमें नए अनुशासन के प्रति जिज्ञासा और दिलचस्पियाँ जगाने लगीं।

समझ में यह भी आया कि रचनात्मक लेखक एक व्यक्ति के वजूद में रचना को नया रंग-रूप दे अपने कथ्य को लिखित में ढालता है और ठीक इसके विपरीत कहानी को पर्दे पर उतारनेवाली टीम ख़ासी लम्बी प्रक्रिया में से निकालकर इसे इसकी परिणति तक पहुँचाती है।

राम महेश्वरी साहिब की उपस्थिति में मित्रो मरजानी सिलसिलेवार एक नया सिने-रूप धारण करने लगी जो मित्रो के मूल पाठ से अलग पड़ने लगा था। एक शाम चर्चा हुई उस सम्भावित शॉट पर कि मित्रो बिकिनी में गाँव की नहर में तैरती दिखाई जा सकती है।

बिकिनी पहने मित्रो—यह जुमला और इससे उभरती छवि दोनों ने मेरे दिल-दिमाग में खलबली मचा दी। मैंने कहा—गाँव हो या कस्बा—लड़कियाँ बिकिनी में नहीं नहा सकतीं।

चिन्ता न करें हम ठीक से इसे एडजस्ट कर लेंगे।

इस दृश्य पर बैठक में मौजूद लोगों को काफी उत्साह नज़र आया।

मैं मित्रो के लिए ख़ासी परेशान हुई। कोई भी निर्णय लेने से पहले एक और कोशिश तो लाज़मी थी। ख़्यालों ही ख़्यालों में उस लड़की का नाम-पता ढूँढ़ती रही जो गाँव की नहर में बिकिनी पहनकर नहा सके।

मेज़ तक पहुँची तो आँखों में कुछ कौंधा, कैनेडा में जन्मी-पली सुनहरे बालों वाली लड़की लौटती है अपने पंजाब के गाँव में—और नहर में तैर रही है।

भला नाम क्या है इस लड़की का !

सोचा-सोचा—

फिर चुपके से जैसे कोई पैग़ाम मिला—जैनी मेहरबान सिंह।

लिखने बैठी तो जैनी मेहरबान सिंह का प्रारूप उभरने लगा। लगा मित्रो पर आया ख़तरा शायद टल जाएगा।

शाम अपनी भूमिका के साथ यह कहानी सुनाई।

प्रतिक्रियाएँ ठीक-ठीक ही रहीं पर यह भी जोड़ दिया गया कि जैनी और मित्रो का सम्मिश्रण अच्छा रहेगा।

मैं चौकस हुई। लेखक होने के नाते मेरा कर्तव्य बनता है कि मैं मित्रो जैसे पात्र से इतनी छेड़छाड़ न होने दूँ। पर्दे के लिए मित्रो के भविष्य की कौशलपूर्ण तरतीबें और तरकीबें खुलती-उघड़ती रहीं और मेरे दिल्ली लौटने का दिन आन पहुँचा।

अभी आपको दो-एक बार आना होगा। कहानी के साथ-साथ संवादों में कुछ अदला-बदली तो होगी ही। उन्हें आप ही लिख सकेंगी।

बम्बई से दिल्ली तक के सफ़र में मेरे पास इतना वक़्त था कि मैं मित्रो मरजानी पर पुनः विचार कर सकूँ। जैनी मेहरबान की स्टोरीलाइन और मित्रो जैसे पाठ और पात्र की बन्दिश देख सकूँ ! दिल्ली पहुँचने से पहले मैं निर्णय ले चुकी थी और हल्का महसूस कर रही थी।

राम साहिब को पत्र लिखकर पहले धन्यवाद दिया। फिर मित्रो मरजानी के बदले जैनी मेहरबान सिंह को फिल्माने का सुझाव दिया। अपनी गति और विविधता में यह मित्रो से कहीं बेहतर रहेगी। उम्मीद करती हूँ कैनेडा में जन्मी-पली सुनहरी बालों वाली जैनी मेहरबान सिंह अपने अंदाज़ में पर्दे पर कुछ नया प्रस्तुत करेगी।

मित्रो जहाँ थी वहीं रही—और जैनी मेहरबान सिंह को फिल्म निर्देशक की पुकार न पड़ी। उसकी प्रतिलिपि फाइल कवर में पड़ी रही।

वही अब आपके सामने है।

वैन्कूवर के सरदार मेहरबान सिंह के फार्म-हाउस की एक शाम।

रात के अँधेरे में घर की बत्तियाँ झिलमिलाती हैं। हवा सरसराती है और एक मीठे घने सन्नाटे में मज़बूत क़दमों की आहट सुन पड़ती है।

मेहरबान सिंह की ऊँची लम्बी आकृति ट्रैक्टर के शैड के पास लमहा-भर ठिठकी रहती है। आँखें मानो किसी को खोज रही हों—कान कोई भूली-बिसरी आवाज़ सुनते हों—फिर कुछ न पाकर ओठों पर थकी-थकी मुस्कुराहट फैल जाती है।

मेहरबान सिंह सिर उठाकर आसमान की ओर देखते हैं, फिर ज़मीन की ओर झुकते हैं जैसे उसमें छिपी किसी मुहब्बत को पाना हो—फिर नपे-तुले क़दमों से घर की ओर आगे बढ़ जाते हैं।

घर की खिड़कियों, दरवाज़ों से छन-छन आती उजाले की परछाइयाँ पेड़ों के झुरमुटों पर लहराती हैं।

उन पर तैरते कहकहे और खिलखिलाहट। जवान कोलाहल और ख़ूबसूरत रौनक !

आज घर की बेटी जैनी का जन्मदिन है।

मेहरबान सिंह गहरी ममता से जैसे रात की नई पहचान करते हों। ख़ामोश निगाहों से अन्दर से आते कोलाहल को सुनते हैं और पुरानी यादों को सीने में समेटे अपने कमरे की ओर खो जाते हैं।

हाल में से गिटार की धुन सुन पड़ती है। अँधेरे की लहरों पर नग़मों का थरथराता गूँजता स्वर।

पहले हलका, फिर तेज़, फिर चुलबुला—हर दिल को अपनी लय में झुला-झुला देनेवाला।

आवाज़ थमते ही ऊँची तालियों की गड़गड़ाहट। अनेक नौजवान चेहरे, ताज़ी ख़ूबसूरत लड़कियाँ और शोख़ मस्त लड़के।

एकाएक सुनहरी बालों वाली जैनी दोस्तों की भीड़ में से निकल निकोलस के पास आती है। अपलक कई देर उसे देखती है। हौले से गिटार को छूती है और निकोलस का हाथ चूम लेती है।

निकोलस जैनी को घेरकर फ़्लोर पर संगीत की धुन पर तैरने लगते हैं।

ऊँचे कहकहे और एक साथ बीसियों जोड़े फर्श पर नाचने लगते हैं।

धीमा संगीत, फिर तेज—और तेज़। और तेज़।

जैनी के पाँव में थिरकन, बाँहों में मिठास और आँखों में गहराता भोलापन।

पापा के जिगरी दोस्त का लड़का इक़बाल अधिकारपूर्वक अगले नृत्य के लिए जैनी की इजाज़त लेने को खड़ा है।

जैनी पुरानी पहचान से हँसती है। और शरारत से मुस्कुराती उसका चेहरा टटोलती है।

—हम लोग संग-संग बड़े हुए पर इस पल तुम्हारी नज़र से लगता है, तुमने पहले कभी मुझे देखा तक नहीं।

—बस ! तुम इतना ही जानते हो। मालूम है क्या सोच रही थी—

पापा जब छोटे रहे होंगे तो बिलकुल तुम जैसे दीखते होंगे।

—जिस पापा को इतना चाहती हो—यह उनकी तारीफ़ है कि इस नाचीज़ की।

जैनी मन ही मन हँसती है—तुम नहीं समझोगे दोस्त, तुम कभी नहीं समझोगे...।

—जिसकी बाँहों में यह ख़ूबसूरत चाँद हो—वह भला क्या ख़ाक समझेगा...।

—चाँद बाँहों में नहीं आसमान पर होता है इकी।

—ऐसा नहीं।

जैनी अचानक गम्भीर हो जाती है। हाथ से इक़बाल को महसूस करती है और गहरी नज़र से आँखों में देख दोहराती है—

—इकी, पापा का कहना है—हर दिल एक सूरज है, हर सूरज में गरमाहट है, एक कसक, एक तमन्ना फूल खिलाने की।

इक़बाल अनोखी अदा से जैनी को देखते हैं और लाड़ से बालों को चूम लेते हैं।

—जैनी, हमारे तुम्हारे पापा में तो कोई पुराना इल्म ज़िन्दा है पर अपने दिल के मामले में तुम क्या कहती हो—यह सुनना चाहता हूँ।

नृत्य की अगली पारी जैनी से निकोलस माँगते हैं और उसे थाम लेते हैं और यह जानकर कि निकोलस की यह प्यारी अदा है, जैनी लाड़ से मुस्कुराती है।

—तुम्हारी गिटार सुन आँखें मूँदने को जी चाहता है, निकी।

—मुँदी आँखों वाली इस तसवीर को बस एक बार चूम लेने की चाह है—कुछ और नहीं—

—बस निकी, इतना ही !

निकी जैनी को देखते चले जाते हैं, फिर हौले से फुसफुसा देते हैं—हाँ, इतना ही, ज़्यादा माँगूँगा तो होश में कहाँ रहूँगा।

जैनी निकी के माथे पर आए बाल सहला देती है—हँसती है और हँसती चली जाती है।

लड़के-लड़कियों का झुंड जैनी को घेर लेता है।

एक बार और जाम भरे जाते हैं। एक बार और गिलास खनकते हैं, एक बार और धूम मचती है।

'प्यारे दोस्तो...' कई जोड़ी आँखें दरवाज़े की ओर देखती हैं—

—सुबह हुई चाहती है। इजाज़त हो तो अपनी बेटी से मैं यह आख़िरी बारी माँग लूँ।

—पापा...।

तालियाँ-तालियाँ और कहकहे।

मेहरबान सिंह निकोलस की ओर देखते हैं—

—किसी एक पुराने दिन की याद में कोई पुरानी धुन बजाओ दोस्त...।

निकोलस गिटार छूते हैं, जैनी की ओर देखते हैं और—

—जैनी के लिए कुछ भी पुराना नहीं—हर दिन नया,

हर दिन ताज़ा और ख़ूबसूरत—

धीमी लहराती धुन पर पापा के संग-संग जैनी !

पापा मानो किसी याद पर झुके हों। आँखों में किसी पुरानी पहचान को, भूली-बिसरी तस्वीर को सँजोते हों।

जैनी अपनी माँ लिज़ की तरह ही आँखों में हँसती है और पापा के आगे सिर झुका चुम्बन स्वीकार करती है।

हॉल में जैसे कोई और न हो। बाप-बेटी को कोई पुराना जादू, कोई पुराना ख़्वाब अपने में बाँधे झुलाता हो। लहराता हो।

—पापा...पापा...।

पापा बेटी को नहीं, बेटी की माँ को देखते हैं।

पापा की आँखों में लिज़ की सूरत तैरती है। सुनहरी बाल, अजीब सी ख़ामोश मुस्कुराहट।

—जानती हो लिज़, उस छोटे से सफ़र में हम एक दूसरे को कैसे पहचान सके।

—यह तो तुम्हीं बता सकते हो मेहर।

—एक लमहा होता है जो ज़िन्दगी में सिर्फ़ एक बार आता है—और जब तुम्हें पहली बार रेलिंग पर झुके देखा था तो जान गया था कि हमें एक दूसरे को पाना है—

लिज़ हँसती है—

—पपा आप कहाँ खोए हैं—क्या मारिया की याद में...।

पापा हँसते हैं—बहुत नटखट हो गई हो।

—बड़ी जो हो रही हूँ, पापा। मारिया मेरे पापा को ख़ूब-ख़ूब चाहती है—उसे अँगूठी पहना देने में इतनी कंजूसी क्यों !

—जानती हो जैनी, जिसने तुम्हारी माँ को जाना हो वह फिर ज़िन्दगी में किसी दूसरे को जानना नहीं चाहेगा...।

तालियों की गड़गड़ाहट में संगीत की आख़िरी धुन डूब जाती है।

पापा के साथ खड़ी जैनी मेहमानों को विदा देती है—उनसे विदा लेती है।

सीढ़ियों की ओर बढ़ते मेहरबान सिंह मुड़कर मेज़ पर रखे उपहारों की कतार देखते हैं, फिर जैनी को थपथपाकर कहते हैं—

—हनी, अपने कमरे में जाओ और लौटकर पापा के पास चली आओ—

—क्यों पपा...!

—कोई सवाल नहीं, बस...। जाओ और लौटकर आओ—

—अभी आई पपा...।

जैनी सीढ़ियाँ फलाँगती अपने कमरे की ओर खो जाती है। मेहरबान सिंह अपने कमरे में दाख़िल होते हैं।

—चली आऊँ पपा...।

—जैनी...।

सलवार-कमीज़ और ओढ़नी में लिपटी जैनी पापा को एक तस्वीर सी लगती है। बाप-बेटी दोनों एक दूसरे को अपलक टकटकी लगाए देखते रहते हैं।

पापा दो क़दम भर पास आते हैं—जैनी के सिर पर हाथ रखते हैं तो खिलखिलाकर जैनी पापा से आ लगती है।

—शुक्रिया पपा...इतनी ख़ूबसूरत पोशाक के लिए...।

पापा बेटी को पास बिठाते हैं—हनी, जानती हो तुम्हें देखकर मुझे किसकी याद आई !

बेटी सिर हिलाती है—बताऊँ तो खफ़ा तो नहीं होंगे पापा—

पापा हँसकर लड़की के बाल लहरा देते हैं—नहीं।

—बैसाखी के मेले में जो पपा को मिली थीं—साहबकौर।

मेहरबान सिंह का हाथ काँप जाता है। हाथ का गिलास कसकर पकड़ लेते हैं। फिर साँस रोक सिर हिलाकर घूँट भरते हैं—जैसे अपने को चौकस करते हों—

—ड्रार खोल मेरे काग़ज़ देखा करती हो।

—पपा, ऐसा न कहिए—मैंने कुछ तो सलीका अब तक सीखा होगा।

—फिर—फिर तुमने यह नाम कैसे जान लिया ?

जैनी हाथ से ओढ़नी ठीक करती है—

—पपा, मेरे कहने से तकलीफ़ हुई तो माफ़ी—पर पपा, अपने गाँव में यह बात तो सभी लोग जानते हैं...।

मेहरबान सिंह कड़ी आवाज़ में कहते हैं—

—समुद्र पार किस गाँव में, कौन आदमी क्या बात जानता है, यह तुम्हें कैसे मालूम है, जैनी ?

—गुस्सा हो गए पपा ? चचा हरनाम सिंह ने यह बात ख़ुद इक़बाल को बताई थी।

सख़्ती से—जैनी...।

—हाँ पपा, अपनी हवेली के पिछवाड़े वाले दरवाज़े का नाम ही साहबकौर वाला दरवाज़ा मशहूर है।

—जैनी...

—पपा, इक़बाल का कहना है, उसने हमारी हवेली के पिछवाड़े वह पीपल का पेड़ भी देखा है जिसमें कई देर एक कुल्हाड़ी अटकी पड़ी थी—

मेहरबान सिंह हाथ का गिलास मेज़ पर रख देते हैं और थके से कुर्सी की टेकन पर सिर टिका देते हैं।

—पपा, जानते हैं, इक़बाल का कहना है, आपकी साहबकौर का लड़का ज़ोरावर सिंह पूरे इलाक़े में अपनी सख़्ती और कड़ाई के लिए मशहूर है।

मेहरबान कुछ पल बेटी को देखते हैं, फिर अजीब एक पुरानी ख़ूबसूरत सी हँसी हँसते हैं—

—इक़बाल ने क्या यह नहीं कहा कि मेहरबान सिंह की बेटी भी साहबकौर के बेटे ज़ोरावर से कुछ कम नहीं।

धूप और हवा में भीगी सुबह !

आसमान की निलाई पर दूधिया बादलों की थिगलियाँ।

जैनी अभी नींद में है। हर रोज़ की तरह मेहरबान सिंह अकेले ही नाश्ता ले घर से बाहर आते हैं। घर के आसपास हरियाले झुरमुट की छाँह। पेड़ों के ऊँचे साये मेहरबान सिंह की तरह ही मज़बूती से धरती में जमे हुए, खुबे हुए से।

दूर-दूर फैली गेहूँ की सुनहली फ़सल देख दिल और दिमाग़ ज़िन्दगी की महक से सराबोर हो जाते हैं।

फ़ार्म की ओर बढ़ते हुए मेहरबान सिंह सोचते हैं, ज़िन्दगी की नियामतें ही धरती के प्यार की देन हैं।

जिस धरती के आँचल में मोतियों के ढेर पलते हैं, उसी के गेहुआँ दूध से इंसान के बच्चे पलते हैं।

घूँ...घू...घूँ...फुलकारी में लिपटी माँ के रंगीन चरखे की आवाज़—पास खड़े बापू ऊँचे लम्बे तिल्ले की जूती पहने, गहरी नज़र से माँ को देखते हैं, फिर भारी आवाज़ में कहते हैं—

—मेहर को कल से हवेली में भेजो भागो, लाड़ में इसे कब तक झोली से लगाए रहोगी।

माँ मेहर सिंह के सिर पर हाथ फेरती है—

—भला मैं क्यों रोकने लगी अपने लाल को। मालिक ख़ैर करें—इसे तो बनना है मर्द बच्चा।

बापू हँसती आँखों से माँ को देखते हैं और बेटे को थपथपाते हैं—

—क्यों मेहरबान पुत्तर, बड़े होकर क्या बनोगे?

मेहरबान खिलाड़ी आँखों से एक बार माँ की ओर देखते हैं—एक बार बापू की ओर। अकड़कर क़दम उठा कहते हैं—

—इलाक़े भर का सरदार बनूँगा बापू की तरह, और क्या!

—बल्ले...बल्ले...

बापू भारी आवाज़ में हँसते हैं तो साफे का शमला हवा में हिल-हिल जाता है।

माँ मेहर का माथा चूम लेती है।

—मैं बलिहारी अपने मेहर पर। क्यों नहीं...

उस शाम तन्दूर पर घी सने पराँठे लगा माँ ने बापू की थाली सजाई। बापू खाने बैठे तो बोली—

—जी, वाहगुरु ने मेरी झोली भरी, मैं नाशुक्री नहीं,

पर जी मन में बड़ा चाव था। भरा-पूरा परिवार हो, बेटे हों, बहुएँ हों, तबेले में बेटों के घोड़े सजे-बने रहें, अन्दर-बाहर चूड़ों के छनकार हों—बहुएँ बेटे जनें और नहा-धो मालिक के दरबार में माथा टेकें, अरदासी हों—प्रसाद बँटें—

बापू हँसती आँखों से पहले माँ की ओर देखते रहे, फिर तेवर चढ़ाकर बोले—

—भागो, यह बात आज के बाद न दोहराना। फिर कभी भूल हुई तो अपन अपने मन की कर लेंगे और तुम हाथ मलती रह जाओगी।

—शुभ शुभ बोलो दारजी, मैं क्यों हाथ मलने लगी।

बापू शरारत से हँसे—इस हवेली के दरवाज़े एक और डोला उतार दिया तो...

सुनते ही माँ की आँखों में आँसू आ गए पर रुलाई रोक हँसते-हँसते कहा—

—मत मारी ही गई बड़े सरदार की तो भला मैं क्या कर लूँगी !

दारजी ने एक घूँट में लस्सी का गिलास खाली कर दिया और माँ की पीठ पर प्यार की धौल देकर कहा—

—भागो, तेरे इसी भोलेपन ने मुझे छला है। तुम्हारा लड़ क्या पकड़ा, इस बिचारे दिल पर ताला ही डल गया। अब तो जो भी मूरत इन आँखों की ओर आती है, देखते ही मेरी आँखें भींच देती है।

माँ छोटा-छोटा हँसती रही—

—मैं किस लायक हूँ।

उस रात बापू खाने के बाद हवेली की सीढ़ियाँ न उतरे—और माँ के चबारे चढ़ गए।

ट्रैक्टर की सीट पर बैठते-बैठते मेहरबान सिंह की आँखों में पूरा का पूरा दिन उजागर हो आया।

अजीब बात है, बचपन के ख़्वाब कभी धुँधलाते नहीं। मुरझाते नहीं। सफ़र की हर मंज़िल पार करते हम बार-बार उस झुरमुट से होकर जाते हैं जहाँ से हमें पहली आवाज़ पड़ी थी। पहली पुकार सुनी थी।

आल
थाल
दो थाल
एक
थाल
चाँदी
का
एक
थाल
सोने का
चाँद
परसे
चाँदनी और
धरती परसे
सोना !!

गोटेवाली गुलाबी ओढ़नी में चिट्टी दूध प्रीतो हँस-हँस मेहर की ओर देखती है।

मेहर तरेरकर प्रीतो की ओर गेंद फेंक देता है।

प्रीतो लपककर ओट में भर लेती है।

—चल जल्दी कर, डाल थाल।

प्रीतो पहले दबे-दबे हँसती है, फिर गेंद उछाल

बोलती है—

—मेहरबान, मेहर कर, मेहर कर, मेहरबान, बात कर, बात कर—

मेहरबान कूदकर प्रीतो का परांदा घुमा देता है—

—फिर बोलेगी—फिर बोलेगी।

प्रीतो सिर हिलाती है—

—न-न वीरजी, कभी नहीं।

—इधर आ प्रीतो, मुझसे डरती है ?

प्रीतो बड़ी-बड़ी आँखों से देख सिर हिलाती है—

—वीरजी आपसे तो गाँव में सभी डरते हैं। मैं क्यों न डरूँगी !

—तो क्या डर के मारे मुझे वीरजी बुलाती है।

—तो और क्या बुलाऊँ वीरजी।

मेहरबान आँखें तरेरते हैं—

—सिरमुनियाँ—मुझे 'दारजी' क्यों नहीं बुलाती ?

—धत...प्रीतो सीढ़ियाँ फलाँगती माऊंटी नीचे उतर जाती है।

प्रीतो अपनी माँ के पास बैठी अटेरन पर सूत चढ़ाती है कि बाहर से आई कंकरी खट माथे पर लगती है।

माँ उचककर देखती है—कौन है री।

—हवेली वाले वीर जी—

माँ निहाल हो हो जाती है।

—मैं सदके गई—आओ लाल जी—

मेहरबान सिंह प्रीतो की माँ को पैरीपौना बुलाते हैं और प्रीतो को तरेरते हैं—

—याद है सिरमुनियाँ, सुबह वाली बात...।

प्रीतो सिर हिलाती है। फिर ओढ़नी मुँह में डाल हँस-हँस दोहरी हुई जाती है—

माँ डाँटती है—

—चुप री, ही-ही काहे की। लालजी जो पूछते हैं जवाब दे—

प्रीतो आँखें झपकाती है—

—वीरजी मुझे छेड़ते हैं माँ।

—क्या कहते हैं री।

—कहते हैं—कहते हैं, वीरजी कहते हैं कि—

—ठहर तो सही—प्रीतो की बच्ची—

मेहरबान प्रीतो की चुटिया पकड़ भंभीरी की तरह घुमा देते हैं—

प्रीतो माँ के सामने दबी-दबी हँसती है तो प्रीतो की माँ लाड़ से कहती है—

—लालजी, इस पगली को अब न मारा करो। अब तो इसकी कुड़माई हो गई है। किसी दिन इसके दूल्हा ने देख लिया तो—

मेहरबान हैरानी से पहले प्रीतो को देखते हैं फिर प्रीतो की माँ को...फिर ज़िद से पूछते हैं—

—यह तो बता मौसी, इसे मार पड़ते देख इसका दूल्हा क्या करेगा !

मौसी पहले हँसती रही, फिर गम्भीर होकर बोली—

—लालजी वह देख लेगा तो उम्र भर वह भी इस अल्हड़ को पीटता ही रहेगा...।

माँ की शह पा प्रीती गाने लगी...

कीकली

जी

कीकली

पाग

मेरे

वीर
की !
दुपट्टा
मेरी
भाभी
का।
फुल्कारी
मेरी
माँ
की
धुस्सा
मेरे
बापू
का।
कीकली
जी
कीकली
रंगीन
पीढ़ी
माँ
की !
चिट्टा
घोड़ा
बापू
का।
कीकली
जी
कीकली

कुई
मेरी
माँ
की
और
धरती
मेरे
बापू
की।
कीकली
जी
कीकली
पाग
मेरे
वीर
की।
दुपट्टा
मेरी
भाभी
का।

मेहरबान सिंह ने आँखें झपक अपने को झकझोरा। दिल की रफ़्तार भी कितनी तेज़ है। ज़मानों से जिसकी कभी बात नहीं सोची—जो दूर-दूर तक अपने ख़याल में नहीं, वह आज कहाँ से याद हो आई।

वह छोटी-सी लड़की प्रीतो...

और वह लम्बा पतला लड़का मेहरबान सिंह...

मेहरबान सिंह चलते-चलते रुक गए और छाँव में

बैठ सुस्ताने लगे।

मेहरबान सिंह ने आँखें खोलीं। जैनी को कुछ दूरी पर किताब पढ़ते देखा तो उसे अचम्भे से देखते रहे।

अजीब बात है अपनी तेज़ चुलबुली बेटी अक्सर वही करती है जो इसे करना चाहिए !

—जैनी... !

जैनी ने किताब बन्द की और पापा के पास आ बैठी।

—मैं देर तक सोती रही पपा पर आप तो सोए नहीं। सुबह नाश्ते के लिए आपकी आहट सुनी थी पर उठी नहीं—

पापा हँसे—सुनो जैनी। आँखें बन्द करो, अब यह सोचो कि मैं एक छोटा लड़का हूँ।

—कितना छोटा पपा...।

—इतना कि मैं स्कूल जाता होऊँ—

—पपा उन दिनों अपने गाँव में स्कूल था क्या ?

—नहीं था जैनी। उन दिनों अपने गाँव में कोई स्कूल नहीं था और हर सुबह मुँहअँधेरे वह छोटा लड़का चार कोस तय करता—

—पपा, क्या पैदल ही ?

—नहीं, तुम्हारे बाबा के तबेले में तो घोड़ों की कतार बँधी रहती थी।

—फिर ?...

—फिर क्या, यह पूछो जब सोता रहता तब क्या होता...।

दादी जगाती, मैं मचला बना रहता। फिर माँ पास आतीं।

लालजी औ—

मैं रज़ाई में और दुबक जाता—

मेहरबान बेटे—अमृत बेला हुई—जागो, मदरसे को देर होती है—

मैं चुप रहता और झूठ-मूठ ही बड़ा-बड़ा साँस लेता।

मेहर बेटे—घोड़ा तैयार खड़ा है—

माँ झुककर माथा चूमती तो मैं करवट बदल लेता—

मेरी जगह तुम्हीं मदरसे चली जाओ माँ—

माँ डपटती—

मेहर—बापू सुन लेंगे तो—

माँ का यह डरावा आए दिन सुन-सुनकर तंग आ गया।

रोज़-रोज़ यही कहती हो माँ—तेरे बापू सुन लेंगे तो क्या करेंगे।

क्या बापू का खेत काट लिया है कि वह हाथ डाल गरदन दबोच लेंगे !!

माँ मुझ पर गुस्सा कहाँ हो सकती थी—ख़ूब हँसती।

बापू को बताया तो सिर हिलाकर बोले—

बेटा किसका है। पट्टीवाले अजायब सिंह का न...। इतना लाड़-चाव कम कर दो, भागो—कन्धे निकाल रहा है। किसी दिन ख़याल में चढ़ गई तो ऐसी उडारी भरेगा—पुकारती रह जाओगी।

मेहरबान हँसे !

—बापू के पास क्या आँख थी। लड़के को तो पहचाना ही पहचाना, उसकी ज़िन्दगी के अगले साल भी देख लिये और यह भी कि माँ पुकारती रहेगी और मेहरबान सिंह लौटकर उसके पास न जाएगा।

—एक बात कहूँ पपा...। दादीमाँ तो अब भी गाँव में हैं। उनसे मिलने उनका बेटा क्यों वहाँ तक नहीं जा

सकता ?

मेहरबान सिंह उचककर खड़े हो गए।

—हनी, एक बार और कहो, एक बार फिर से कहो...।

जैनी सिर हिलाती है। फिर खिलखिलाती है—

—जिसका सोचना ही इतनी ख़ुशी दे पपा, उसे कर लेने से हम क्या न पाएँगे !

पापा जैनी को थपथपा देते हैं।

—मैं अक्सर सोचा करता था हनी, कुछ ऐसा है जो मुझे करना है—क्या करना है, यह जैसे मन के आगे साफ़ नहीं था—आज जान गया हूँ।

—बस अब जाने की तारीख़ तय कीजिए पपा...।

पापा कुरेदने की सी निगाह से बेटी की ओर देखते हैं।

—हनी, एक ही बात सोचता हूँ—क्या ऐसी जगह रह सकोगी जहाँ सब कुछ ठीक यहाँ जैसा नहीं होगा।

—क्यों नहीं पपा।

—जैनी जैसा तुम सोचती हो, वतन का वह गाँव तुम्हें उतना रोमेंटिक नहीं लगेगा।

—पपा गाँव में अपना घर तो होगा...घर में जो नहीं होगा वह लिया जा सकता है।

—नहीं जानता, अब उस गाँव की क्या शक्ल होगी जिसे मैंने बीस साल पहले छोड़ा था। गाँव में एक पक्की हवेली सिर्फ़ अपनी थी—कच्ची राहें थीं—घरों में बत्ती नहीं, चिराग और लालटेनें जलती थीं।

—पापा, इक़बाल का घर अपनी हवेली से बड़ा तो नहीं, अगर इक़बाल वहाँ दो महीने गुज़ार सकता है तो

जैनी क्यों परेशान होगी !

पापा लाड़ से बेटी को देखते हैं—

—जैनी तुमसे हमेशा एक बात पूछना चाहता रहा हूँ—

—पूछिए न, पपा—आपकी बेटी अपने पपा से कुछ भी नहीं छिपाती। पपा को तो मैं अपना सबसे अज़ीज़ दोस्त मानती हूँ।

—जानता हूँ हनी—

—तुम्हारी माँ के न रहने के बाद यही तो एक बात है जो तुम्हारे पपा को .ख़ुशी देती है, सुकून देती है।

जैनी पापा को चूम लेती है।

—पपा अब कुछ पूछने की मेरी बारी है।

—पूछो—

—पपा, माँ के न रहने पर अपने को अकेलेपन की सज़ा देनी क्या ज़रूरी है ?

पापा बेटी को हाथ से घेर लेते हैं—

—नटखट लड़की ! जानती हो, अब तुम अपनी दादी की तरह बोलने लगी हो।

—शुक्र है, शुक्र है पपा। मुझे इस काबिल तो समझा। पपा, कुछ देर पहले मारिया का फ़ोन था—

—कोई ख़ास बात ?

—ख़ास बात कुछ नहीं पपा, डिनर के लिए आपका इन्तज़ार करेंगी—

पापा सिर हिलाते हैं और हँसते हैं।

—और मेरी बेटी शाम कहाँ गुज़ार रही है।

—कुछ दोस्त मिल रहे हैं इक़बाल के यहाँ पपा !

पापा शरारत से लड़की का चेहरा टटोलते रहते हैं। फिर हँसकर कहते हैं—

—इक़बाल इस बूढ़े की बची-खुची रियासत समेट लेने के ख़याल में तो नहीं।

जैनी शरारत से हँसती है—

—पपा, दोनों बातें ग़लत साबित होंगी। पहली तो यह कि मेरे पपा कभी बूढ़े नहीं होंगे—दूसरी यह कि इक़बाल बचपन का दोस्त है जैनी का उम्मीदवार नहीं।

पापा हँसते हैं। ख़ूब हँसते हैं। हँसते-हँसते छाती पर हाथ रखते हैं और भरसक अपने को सँभाल इतना ही कह पाते हैं—

—जैनी...डॉक्टर-डॉक्टर।

सफ़ेद कपड़ों में स्कार्फ से सिर ढँके जैनी डबडबाई आँखों से गुरुद्वारे में बैठी है। वैन्कूवर में रहनेवाले हिन्दुस्तानियों की भीड़।

सरदार मेहरबान सिंह की आत्मा की शान्ति के लिए अरदास कर ग्रन्थीजी पाठ की समाप्ति कर देते हैं।

—श्री वाहगुरु का खालसा

श्री वाहगुरु की फतेह !

इक़बाल, इक़बाल के पिता गुरनाम सिंह और इक़बाल की माँ सतनाम कौर जैनी को बाहर लिवा ले जाते हैं।

सतनाम कौर जैनी की पीठ पर हाथ रखती है—

—इतनी जल्दी वह बुरी घड़ी आन पहुँचेगी, यह तो सपने में भी न सोचा था।

जैनी गीली आँखों से बाहर देखती है। सड़क के हर चौराहे पर उसे पापा का चेहरा दीख जाता है।

अपनी सालगिरह के एक दिन पहले ही तो उसने

पपा के संग ढेरों सामान ख़रीदा था।

इक़बाल के घर बुझी-बुझी सी उदासी। ब्रेकफास्ट पर सब चुपचाप।

गुरनाम सिंह छिपी-छिपी नज़र से कई बार लड़की की ओर देखते हैं। फिर सतनाम और इक़बाल की ओर।

सहसा जैनी सिर उठाती है—

—इकी, ज़रा गाड़ी लिये जाती हूँ !

गुरनाम सिंह चिन्तित हो कहते हैं—

—तुम संग चले जाओ इक़बाल—

—नहीं अंकल, ज़रूरत नहीं, शाम तक खुद ही लौट आऊँगी—

इक़बाल हाथ से घेर लेते हैं—

—जैनी जहाँ कहोगी, मुझे मौक़ा तो दो !

जैनी सिर हिला देती है—

—नहीं इकी, मुझे ख़ुद ही अपने से निपटने दो।

इक़बाल जैनी के संग-संग बाहर आते हैं।

जैनी को स्टियरिंग सँभालते देख इक़बाल जैनी का हाथ छूते हैं—

—तुम अपनी सँभाल रखोगी जैनी !

जैनी उदासी से मुस्कुराती है।

—पपा के सोलीसीटर मिस्टर ब्राउन के मुताबिक़ अब मैं बालिग हो गई हूँ इकी, और जो चाहूँ कर सकती हूँ।

इकी पास झुकते हैं—

—तुम्हारी इजाज़त से जैनी, अगर चाहती नहीं हो कि मेरे पापा कार लिये तुम्हारे पीछे दौड़ते रहें तो कुछ अता-पता दो कि कहाँ जाओगी !

जैनी एक लम्बे क्षण तक इक़बाल को देखती रही—

—इकी, तुम्हें अब तक तो समझ जाना चाहिए था—मैं मारिया के यहाँ जाऊँगी।

—जैनी तुम फिर उदास हो जाओगी—

—आज मेरी उदासी का फिकर न करो।

जैनी ने गाड़ी स्टार्ट कर दी !

—यह पपा की प्यारी सड़क है। वह सामने के चौराहे पर उन्हें सड़क पार करते देखा जा सकता है। वह उनका प्रिय रेस्तराँ—सभी कुछ पहले जैसा है, सभी कुछ मौजूद है पर पपा नहीं—

जैनी गाड़ी मारिया के घर की ओर मोड़ लेती है।

मारिया पपा की अजीज़ दोस्त रही हैं—

मारिया के यहाँ से जैनी को कोई जवाब नहीं मिला। जैनी लौटी और घर की ओर बढ़ गई।

सीढ़ियों से ऊपर जाते-जाते पपा के दरवाज़े पर आ खड़ी हुई। नौब घुमा दरवाज़ा खोला—

पपा के कमरे में सिर झुकाए मारिया सिसकियाँ भरती थी।

जैनी खड़े-खड़े देखती रही। फिर मारिया के कन्धे पर हाथ रखा—

मारिया की आँखें पोंछीं।

—माफ करना, जैनी तुम्हारी गैर-हाज़िरी में चली आई।

—ओह मारिया, पपा के कमरे में आने के लिए तुम्हें क्या इजाज़त चाहिए ? पपा मारिया को कितना चाहते थे यह क्या मैं नहीं जानती।

जैनी मारिया को ड्रिंक ऑफ़र करती है—

—जानती हैं, उस दिन पपा मेरे जन्मदिन पर गहरे लगाव से मारिया को याद कर रहे थे।

मारिया की आँखें फिर डबडबा आती हैं।

—जैनी उस दिन देर तक मैं तुम्हारे पापा की इंतज़ार करती रही।

जैनी कुछ देर मारिया का चेहरा टटोलती रही, फिर जाने कैसी आवाज़ में कहा—

—पपा मारिया को अँगूठी पहनाने की बात करते थे।

मारिया रोते-रोते सिर हिलाती है—

—उसकी बात मुझसे मत करो जैनी—अब वह कहानी ख़त्म हो चुकी।

जैनी पापा की अलमारी खोलती है। नीली डायरी निकाल मारिया की ओर बढ़ा देती है—

—यह पपा की डायरी है मारिया। तुमसे बढ़कर और कोई दूसरा इसका हक़दार नहीं।

मारिया सिर हिलाती है—

—ओ जैनी !

जैनी लौटकर अलमारी से एक छोटी डिब्बी निकालती है और पास आकर कहती है—

—यह रिंग भी पपा ने किसलिए लाकर रखी होगी, यह तो मारिया जान जाएगी।

मारिया बेबसी से सिर हिलाती है—

—अब कुछ मत कहो जैनी ! अब कुछ मत कहो।

जैनी मारिया का चुम्बन लेती है—

—पपा ने जो डायरी में लिखा है, वह मैंने देखा तक नहीं।

—जैनी डार्लिंग, तुम्हारे पास भी तुम्हारे पापा का जादू मौजूद है। एक सच्ची कशिश से दूसरों को देखने का और उन्हें अपने क़रीब लाने का !

विदा देते दोस्तों के बीच खड़ी जैनी एयरपोर्ट पर। जैनी उगती धूप का टुकड़ा हो मानो।

सुनहरे बाल हवा में लहराते थे। हाथ में बैग और आँखों में कुछ नया देखने की तमन्ना, नया जानने की उमंग।

—निकी डार्लिंग—

जैनी निकोलस की नाक छू हँसती है।

—हमेशा गिटार को अपनी बाँहों से लगाए रखोगे तो इन बाँहों में कोई लड़की आना पसन्द नहीं करेगी।

निकी अपनी नीली आँखें जैनी के चेहरे पर गड़ाए रहे।

—मुझे सिर्फ़ एक ही लड़की पसन्द है, जिसे तुम ख़ूब जानती-पहचानती हो।

जैनी शरारत से हँस दी—

—ओह निकी ! तुम्हारे शिकवे मेरे साथ-साथ चलेंगे !

निकी मुस्कुरा दिए–

–अगर तुम ऐसा होने दो तो अपने को .खुशकिस्मत समझूँगा !

जैनी निकोलस का चुम्बन लेती है और इक़बाल का हाथ थाम लेती है–

–सर्दियों में तुम गाँव आ रहे हो इकी ! इस बार तुम मेहमान होगे और मैं मेज़बान।

जैनी इक़बाल के आगे हाथ बढ़ा देती है। मारिया पास आ जैनी का चुम्बन लेती है।

–सो लौंग ! मारिया डियर, इस बीच हिन्दुस्तान आना चाहो तो पपा का घर हमेशा तुम्हारी ख़िदमत में।

–गॉड ब्लैस यू !

इक़बाल के मामा-पापा बारी-बारी से जैनी के सिर पर हाथ रखते हैं–

–जैनी डार्लिंग, गाँव में तुम चचा हरनाम सिंह को अपना गार्डियन समझोगी। वह जबान के तेज़ पर दिल में तुम्हारे पापा की तरह–हाँ बूढ़ी दादी ख़ूब-ख़ूब लाड़ करेंगी... !

–और मुझे बिगाड़ेंगी, यही न !

प्लेन में साथ की सीट पर बैठे सरदारजी पहले जैनी की ओर देखते रहे, फिर पूछा–

–मिस, तुम्हारा डैस्टीनेशन क्या है ?

जैनी ने सरदारजी को एक दिलचस्प नज़र से देखा–

–हिन्दुस्तान।

–बेबी, हिन्दुस्तान क्या पहली बार जा रही हो ?

जैनी ने सिर हिला दिया।

—जी !

—कहाँ भला।

जैनी खुलकर हँसी।

—पहले दिल्ली फिर पट्टीवाल !

—हैय्यी शाबाश, हैय्यी शाबाश ! क्या बात की है काकी ने ! भला सुने तो सही, हमारे गाँव पट्टीवाल में तुम्हारा क्या काम मिस !

—पट्टीवाल में मेरे पापा का घर है—

—भला यह तो बताओ तुम्हारे पापा का क्या नाम !

—मेरे पापा का नाम सरदार मेहरबान सिंह !

सुनकर सरदारजी की मानो आँखें खुल गईं हों।

—हैय्यी शाबाश, हैय्यी शाबाश ! अप्पन और मेहरबान सिंह तो बचपन में इकट्ठे खेले, इकट्ठे मदरसे गए, इकट्ठे बारहखड़ी सीखी !

—बारहखड़ी ?

—हाँ, हाँ ! बीबीरानी देसी ए.बी.सी.—पर बच्ची तुम तो अच्छी हिन्दुस्तानी बोलती हो। शाबाश है, अपने मेहरबान सिंह का जिसने कैनेडा में रहकर भी बच्चों को पंजाबी सिखाई है ! आजकल मेहरबान सिंह कहाँ हैं भला ?

—वह तो अब नहीं रहे !

—वाहगुरु-वाहगुरु ! अच्छा जो उसको मंजूर। रब तुम्हारा भला करे और भाई-बहन कितने हैं ?

—जी, सिर्फ़ मैं ही हूँ...।

—और बीबारानी की माँ।

—जी, वह भी नहीं हैं।

—ओह ओ, दाता के खेल। खानदान में पीढ़ियों से

चले एके को मेहरबान भी न बदल सका। अब गाँव में कौन है ?

—दादीमाँ हैं और चाचा हरनाम सिंह।

—हरनाम सिंह कौन ! अच्छा अच्छा ! हरनामा ! बच्ची यतीम हरनामे को तुम्हारी दादी ने पाला था। गाँव के रिश्ते तो प्रेम-प्यार के ! जिसने एक बार बुलाया उसे उम्र भर निभाया। याद है, बिलकुल याद है हरनाम सिंह, अब भी आँखें बन्द करूँ तो आँखों के आगे आ खड़ा होगा !!

सरदारजी ने आँखें झपकीं और ऊँघने लगे !

कुछ देर बाद जगे तो लड़की को साथ वाली सीट पर न पाकर इधर-उधर नज़र दौड़ाई। जैनी सामने की सीट पर बैठी किसी अमरीकन लड़के से हँस-हँसकर बातें कर रही थी।

सरदारजी कुछ देर ज़ब्त किए रहे। नहीं रहा गया तो बुला ही लिया—

—बीबारानी !

जैनी ने पलटकर देखा, हाथ से वेव किया और फिर बातों में लग गई।

कुछ देर बाद सरदारजी ने फिर आवाज़ दी—बीबा !

जैनी उठकर पास आई। तेवर चढ़ाकर पूछा—

—कहिए मिस्टर सिंग—कुछ काम है क्या ?

सरदारजी गुस्सा हो आए।

—मिस्टर सिंग, मिस्टर सिंग क्या ! गाँव के रिश्ते से तुम्हारा चाचा होता हूँ !

जैनी खिलखिलाकर हँस दी !

—अच्छा ! अंकल अब इस लड़की से ऐसी ग़लती न होगी।

—फिर उधर बच्ची !

—अंकल मैं एक अमरीकन आर्टिस्ट विली नोरमन से बात कर रही हूँ।

सरदारजी उचककर अमरीकन की ओर देखने लगे। मानो उसका मुआयना करते हों। फिर राज़दाराना अन्दाज़ में कहा—

—यंगमैन देखने में बेशक वाह-वाह है पर बीबारानी इतनी बात हमेशा याद रखो कि आर्टिस्टों की कौम बड़ी 'निक्खिद' होती है।

जैनी फिर हँस दी।

—अंकल, नोरमन तो सफ़र के साथी हैं। इससे ज़्यादा दिलचस्पी मेरी उनमें नहीं।

चेत सिंह अहलूवालिया भड़क उठे।

—सफ़र के साथी। क्या बात की है। बच्ची हम जो तुम्हारे पापा के गाँव के हैं, रिश्ते में समझो तुम्हारे चाचा लगते हैं—अप्पन के साथ सफ़र काटना मुश्किल है। न-न ऐसी बात नहीं करनी।

जैनी ने लाड़ से कहा—

—अंकल, आपकी यह शिकायत ठीक नहीं—मैं और वह तकरीबन दोनों हमउम्र हैं, बातों में अच्छा वक़्त कटेगा।

—अच्छा, अच्छा।

सरदारजी ने अनमने ढंग से कुछ ऐसे कहा जैसे जैनी के गार्डियन वही हों।

—हमउम्र हो, हमसफ़र हो। यह तो बीबारानी समझ में आ गई, अब यह बताओ कि तुम्हारे अमरीकन दोस्त का डैस्टीनेशन क्या है।

सरदारजी ने बड़ी मुश्किल से अपने को क़ाबू में

रखा। मैगज़ीन के पन्ने पलटते-पलटते न आँखें ऊपर उठाईं, न जैनी की ओर देखा। जैनी ने एक चाकलेट निकाल एक बाइट नोरमन को दी, एक ख़ुद ली और फिर एक सरदारजी को ऑफ़र की—

इस बार सरदारजी ने ख़ुश होकर आँखें उठाईं। काफ़ी देर जैनी के सुनहरे बालों की ओर देखते रहे, फिर बड़े लाड़ से पूछा—

—बीबारानी यह तो पता लगे कि माँ तुम्हारी किस मुल्क की...।

—एकाएक यह ख़्याल कैसे आया अंकल ?

—तुम्हारे सुनहरे बाल देखकर...

—ओह, अंकल मामा की माँ कैनेडियन और पापा हिन्दुस्तानी थे।

—हुई न बात ! हम भी कहें नक्श मेहरबान सिंह के और झलक ख़ालिस अंग्रेजी। अन्दाज़ा अपना ठीक ही निकला न !

जैनी हँसने लगी !

चेत सिंह अहलूवालिया खिली-खिली निगाह से जैनी की ओर तकते रहे। फिर साफा छू कहा—

—इसको कहते हैं अंग्रेजी क़लम का हिन्दुस्तानी गुलाब !

—अंकल, क्या आपके यहाँ भी ऐसे गुलाबों का गुच्छा है।

चेत सिंह घूरते रहे फिर हँस दिए।

—हर देश धरती के अपने ही गुलाब—पर बीबारानी। मेहरबान सिंह के गुलाब में अपने वतन की ख़ुशबू !

जैनी खिल-खिल हँसी।

—अंकल के गुच्छे में कितने गुलाब हैं ?

—दो फूल, चार पत्तियाँ और...और एक काँटा।

—ओह, डियर अंकल काँटा किसे कह रहे हैं ?

अंकल ने एक लम्बी साँस ली—

—तुम्हारी आंटी और कौन !

जैनी शरारत से हँसी—

—अंकल आंटी की गैरहाजिरी में यह कह रहे हैं—सामने तो डर जाएँगे।

—बिलकुल सच। तुम्हारी आंटी के सामने यह कह सकता हूँ ! तौबा करो। बड़ी कड़वी चीज़ है।

जैनी ने बात बदलने को पूछा—

—अंकल गाँव में कितनी देर रुकेंगे ?

सरदारजी अनमने से देखते रहे।

—रब्ब भला करे, बीबीरानी ने भी क्या पूछ डाला !

—अंकल गाँव में कितने दिन का प्रोग्राम है ?

—क्या सवाल किया है मेहरबान सिंह की बेटी ने। सुन बीबीरानी अप्पन तो मरने के लिए अपने वतन जा रहे हैं।

—मेरे सवाल से आपको तकलीफ़ पहुँची—अंकल मुझे अफ़सोस है।

—भोली लड़की, तकलीफ़ कैसी। अप्पन ग़लत नहीं कह रहे। छोड़ा था वतन तो जवान थे। जहाँ गए वहीं घर—बड़े-बड़े रंग-तमाशे देखे बीबारानी, बड़े-बड़े मुल्क देखे—अब ज्यों-ज्यों पूरे होने के दिन पास आते जाते हैं—आँखों के आगे बस वही अपने गाँव वाला घर घूमता रहता है। तबेले में अट्ठसेरू भैंस खड़ी है और तुम्हारी चाची भर-भर गड़वे दूध के अन्दर ले जा रही है। वाहगुरु—वाहगुरु—अप्पन जानते हैं मरने के लिए वतन की मिट्टी खींच रही है चेत सिंह अहलूवालिया को !

—अंकल...जैनी ने बूढ़ा हाथ पकड़ ओठों से लगा लिया—

—अंकल, बस पपा की भी यही एक तमन्ना थी। गाँव लौटने की—उनके जाने के बाद उनकी ख़्वाहिश मैं ही पूरी करने जा रही हूँ।

चेत सिंह जैनी पर आँखें गड़ाए रहे, फिर सिर हिलाकर उसके सिर को थपथपा दिया—

—मेहरबान यार, तुम चेत सिंह से कहीं ज़्यादा ख़ुशकिस्मत निकले। जिसकी याद को ताज़ा रखनेवाली ऐसी भीनी महक हो—उसके क्या कहने !

गाँव से जैनी को दिल्ली लेने आए चाचा हरनाम सिंह और चेत सिंह अहलूवालिया के साथ जैनी कॉन्टीनेंटल के मुग़ल-रूम में दाख़िल हुई तो एक साथ दर्जनों निगाहें सुनहरी बालोंवाली ख़ूबसूरत लड़की की ओर उठ गईं।

जैनी ने शोख चुस्त पोशाक में एक नज़र पूरे हाल पर मारी और लहराती सी कोने की मेज की ओर बढ़ गई।

आर्केस्ट्रा ज़रा सी देर को थमा तो चाचा हरनाम सिंह को जैनी ने चुलबुलाहट से पूछा—

—अंकल दिल्ली में रुकना बुरा नहीं रहा। आपको यह जगह तो पसन्द आई है न !

—चचा हरनाम सिंह कुर्सी पर उचककर बैठ गए। मूँछों पर ताव दे इधर-उधर नज़र की और रुखाई से कहा—

—बीबीरानी, यहाँ 'पिसिन्द' करने को है क्या ?

जैनी खिलखिला दी—

—अंकल ऐसा न कहिए—यह तो बढ़िया जगह है। किसी ख़ास गाने में आपकी दिलचस्पी हो तो बताइए—आपकी फ़रमाइश भी आर्केस्ट्रा पेश कर सकता है।

—ओह हम क्या समझें यह विलायती गाने। हम तो एक बात जानते हैं। अगर गाना सुनना हो तो हीर-राँझा और नाच देखना हो तो अपने पंजाब का भाँगड़ा।

चेत सिंह अहलूवालिया ने टोक दिया—

—बात तुम्हारी ग़लत नहीं हरनाम सिंह पर हर चीज़ अपनी-अपनी जगह है। इस नाच-गाने का भी अपना ही रंग है और अपनी ही ख़ूबी।

हरनाम सिंह ने एक बार आँखें फाड़-फाड़ स्टेज की ओर देखा—

—यार चेत सिंह, वह जो मोम की मेम हाथ हिला-हिला गला फाड़ रही है—सच बता, है कोई उसमें करतब।

चेत सिंह और हरनाम सिंह दोनों एकाएक गाँव की कोई पुरानी याद कर हँस दिए।

—यार अपनी सोमेवाली कुर्बान-बानो का भी नाच बड़ा फुर्तीला, लचकीला होता था।

—बल्ले-बल्ले उसके क्या कहने।

जैनी ने लाड़ से कहा—

—अंकल हर मुल्क के अपने नाच-गाने और अपने तर्ज तरीक़े !

हरनाम सिंह ने पूरी बात सुने बिना ही कहा—

—ओह ओ, हम कब कुछ और कह रहे हैं। हमारा कहना तो यह है कि हमें इस नाच-गाने में कुछ

दिलचस्पी नहीं। हमारे लिए तो इस जगह की जान हमारी यह काकी है।

जैनी हँस-हँस दोहरी हुई—

—ऐसा ग़ज़ब न करिए अंकल, मुझे शरमाना पड़ेगा।

साथवाली टेबल पर कुछ मनचले बैठे थे। मुड़-मुड़कर जैनी की ओर देखने लगे।

न रहा गया तो एक नौजवान ने उठकर जैनी से डांस के लिए दरख़्वास्त की।

—क्या एक पारी माँग सकता हूँ ?

जैनी ने सिर उठा दिलचस्पी से देखा। उठने ही लगी थी कि चाचा हरनाम सिंह की कड़ी नज़र ने कैद कर लिया—

—नहीं।

हैरानी से पूछा

—क्यों अंकल !

अंकल ने सिर हिला दिया—

—बस, कह जो दिया !

जैनी ने लाड़ से मिन्नत की—

—अंकल प्लीज़।

हरनाम सिंह ने इस बार घूर दिया।

—यह विलायत नहीं, हिन्दुस्तान है हिन्दुस्तान।

जैनी ने मदद के लिए अंकल चेत सिंह की ओर देखा—

—हाँ हिन्दुस्तान है और हिन्दुस्तान में ही यह डांस हो रहा है।

चेत सिंह ने धीरे से हरनाम सिंह को सलाह दी—

—हरनाम सिंह लड़की के साथ यह सख़्ती नहीं चलेगी।

हरनाम सिंह ने सिर हिला दिया—

—बच्ची, खाने-पहनने के सब लाड़-चाव माने जाएँगे पर यह विलायती फुदकना नहीं।

जैनी ने दिक होकर कहा—

—अंकल गुरनाम सिंह ने बिलकुल ठीक कहा था—आप मिजाज के कड़े हैं पर दिल के बड़े अच्छे।

हरनाम सिंह .खुश हो गए। बादशाही अन्दाज में कहा—

—वह खुलेआम विलायती फुदकना-थिरकना हमें मंजूर नहीं बच्ची। बाकी जो चाहे, हम हाजिर करेंगे।

—शुक्रिया अंकल, अब जैनी आपकी ख़िदमत में एक गाना पेश करेगी।

जैनी कुर्सी से उठी—शरारत से हरनाम सिंह और चेत सिंह की ओर देखा और बारी-बारी दोनों की ओर सिर झुका सुनहरी बाल लहराती हुई स्टेज की ओर बढ़ गई।

संगीत की आख़िरी धुन ख़ामोश होते ही जैनी ने माइक हाथ में लेकर कहा—

—दोस्तो, मैं जैनी मेहरबान सिंह हूँ। कैनेडा से पहली बार हिन्दुस्तान आई हूँ। आज के दिन की याद में एक गीत पेश करूँगी। इसके बोल मैंने अपने पपा से सीखे थे और इसकी धुन बनाई थी मेरे दोस्त गिटारिस्ट निकोलस ने।

हर
दिल
इक
सूरज

है।
हर
देह
इक
धरती
है।

सूरज
चमके
धरती
सरसे
ममता
उमड़े।
हर
दिल
के
दरवाज़े
पर
झिलमिल
आहट !
भर
भर
सूरज
की
किरणों
से
उग
आई

क्यारी
प्यारों
की
दीदारों
की।
हर
घर
इक
फुलवाड़ी
धरती
के
सपनों
की !
हर
पाँत
एक
क्यारी
बेटों
और
बेटियों
की।
छन
छन
कर
हर
द्वार
झरोखों
से

बरसे
सूरज
की
किरणें।
हर
दिल
इक
सूरज
है
हर
देह
इक
धरती !
है।

तालियों की लम्बी गड़गड़ाहट का सत्कार जैनी ने मोहक मुस्कान से किया। चुलबुली अनोखी चाल से स्टेज के नीचे उतर अपने मेज़ की ओर बढ़ी तो एक बार फिर हॉल में तालियाँ गूँज उठीं।

चाचा हरनाम सिंह ने जैनी की पीठ थपथपाई–

–वाह भई वाह, अपनी बीबारानी तो बड़ी गुणिया है गुणिया।

पलक झपकते नौजवान लड़के-लड़कियों का जमघट मेज के इर्द-गिर्द इकट्ठा हो गया।

चेत सिंह ने हालात का जायजा लिया और अपने तजुर्बे से सब कुछ भाँपकर बड़े ही दाना अन्दाज़ में कहा–

–दोस्तो, अर्ज है कि कल सुबह आप 'कॉफीशाप' में मिस मेहरबान सिंह से मिल सकते हैं। हिन्दुस्तान

में मिस मेहरबान सिंह की यह पहली प्रेस दावत आपको दी जाती है। आपके सब सवालों का जवाब भी वह कल ही देंगी।

भीड़ का रुख देख आर्केस्ट्रा ने अनाउंस किया—

—फिर हाज़िर है आपकी ख़िदमत में मिस जैनी मेहरबान सिंह के गाने की धुन। इसे हम मिस जैनी मेहरबान सिंह की ख़ूबसूरत अदाकारी के लिए उन्हीं के नाम से याद किया करेंगे। पेश है जैनीस-थीम।

अगली सुबह चाय की ट्रे के पास जैनी के लिए मैनेजमेंट की ओर से उपहार और फूलों के ढेर थे।

घंटों स्वीमिंग पूल में रहने के बाद जैनी हैल्थ क्लब की ओर से निकलकर आई तो ढेरों टीन-एजर्स और प्रेस रिपोर्टरों ने घेर लिया।

—मिस मेहरबान सिंह क्या आप जानती हैं कि आप बेहद ख़ूबसूरत हैं।

जैनी ने गर्दन मोड़ी—

—मेरी माँ मुझसे कहीं ज़्यादा ख़ूबसूरत थीं। और उनसे भी ज़्यादा ख़ूबसूरत दर्जन भर औरतों को तो मैं खुद जानती हूँ।

—हियर...हियर...।

आपकी माँ किस मुल्क की थीं ?

—वह हिन्दुस्तानी कैनेडियन थीं। मेरी नानी भी कैनेडियन और नाना पपा की तरह हिन्दुस्तानी थे।

—आप क्या हिन्दुस्तान पहली बार तशरीफ़ लाई हैं ?

—जी हाँ ! मैं अपने पपा की आख़िरी ख़्वाहिश पूरी

करने के लिए उनके गाँव जा रही हूँ जो मेरा भी गाँव है।

—आपका इरादा अब क्या हिन्दुस्तान में ही रहने का है ?

जैनी ने पलकें झपकीं और हँस दी।

—आपको कुछ एतराज है क्या ?

—जी नहीं, आप शौक़ से रहिए—आपके कहने के मुताबिक़ यह तो आपका वतन है पर आप यहाँ क्या 'स्टेज़ कैरियर' अख़्तियार करेंगी ?

—आपको यह ग़लतफहमी कैसे हुई ?

एकाएक नौजवान लड़के-लड़कियों ने जैनी को घेर लिया। शोख और चंचल संगीत की धुन में दर्जनों लड़के- लड़कियाँ नृत्य में लहराने लगे।

जैनी की हर अदा, हर क़दम में एक लय थी। एक लहर थी जो बार-बार उठती थी, गिरती थी और सहसा देखनेवालों के लिए सब नीला पानी था और उस पर तिरती जैनी एक नाव थी। एक किश्ती।

जीप गाँव की सरहद पर पहुँची तो सरदार हरनाम सिंह ने लाड़ से जैनी की ओर देखा और समझाकर कहा—

—बीबारानी आज तो इलाक़े भर की भीड़ अपनी हवेली पर होगी। ज़रा सिर पर कपड़ा तो कर लो।

जैनी ने हँसकर गले में डाली चूनर से सिर ढँक लिया तो हरनाम सिंह ने गहरे सन्तोष से लड़की की ओर देखा।

नहर के किनारे-किनारे दौड़ती जीप में से हरनाम सिंह ने हवेली का ऊँचा बुर्ज दिखाया—

—बीबारानी यह देख रही हो न, यह रहा अपना घर।

जैनी अचानक उदास हो आई।

—आज अगर पपा साथ होते।

चेत सिंह ने लड़की की भर्राई आवाज़ सुनकर उसका ध्यान बँटाने को कहा—

—देख बच्ची, लड़कियाँ बहुएँ पास आ-आ देखेंगी

तो बुरा मत मानना। उन्हें यह जानने की जल्दी होगी कि तुम कहीं मोम की गुड़िया तो नहीं।

—ओह अंकल।

एकाएक गाँव के बीचोंबीच जीप धीमी हो गई और बच्चों के झुंड-के-झुंड जीप के साथ-साथ भागने लगे।

बीबारानी आई।
विलायती मेम आई
रंग-रूप है
मेमों जैसा
पहर पहरावा
हम तुम जैसा
सात समुद्र
पार करके
दरसन देने आई

जैनी सुनती रही और हँसती रही और हाथ हिला-हिला दोस्ताना नज़र से उन्हें 'वेव' करती रही।

जीप हवेली के बड़े फाटक पर पहुँची तो लोगों ने जयकारा लगाया—

—सरदार मेहरबान सिंह अमर हैं।

—बीबी जैनी कौर जीती रहे।

जैनी जीप से उतरी तो औरतों का झुंड-का-झुंड लड़की को देखने उमड़ आया। दहलीज़ पर मेहरबान सिंह की बूढ़ी माँ ने तेल टपकाया, पानी का कलश पोती के माथे से छुआया। फिर काँपते हाथों से लड़की को घेर अपने गले लगाया तो सब देखनेवालों की आँखें भर आईं।

जैनी पहले खुली आँखों से दादी की ओर देखती रही— जैसे पपा की माँ की पहचान से अपनी पहचान

मिलाती हो, फिर दादीमाँ से जा लगी और आँखें बरसने लगीं।

—रक्ख बाबे वीं, मैं बलिहारी जाऊँ अपनी लाडली पर।

एकाएक दादी ने गीली आँखों में से पोती का रंग-रूप निहारा तो साक्षात् बेटा अपना पास आ खड़ा हुआ।

दादी के आँसू न थमते देख जैनी पहले हैरान-परेशान देखती रही फिर रूमाल निकाल आँखें पोंछ दीं।

—बस दादी माँ।

दादीमाँ को और रुलाई आई। फिर सिर हिला-हिला जैसे अपने से ही कहती हो—

—मैं बलिहारी गई। मैं तुमसे मिली कि अपने बेटे से मिल ली।

घर की पुरानी नौकरानी ज्चिन्दी ने पास आकर कहा—

—बेबे लड़की थकी होगी, कुछ खाने-पीने को पूछ।

दादी ने झट आँखें पोंछ लीं। आँगन में रखी खाट पर खेस बिछा बेटी को बिठाया कि कुटुम्ब कबीले की औरतों ने मीठे सुर छेड़ दिए—

सोहनी सुहाणी बेटी
गोरी और चिट्टी बेटी
मेहर राजा की बेटी
आई समुद्रों पार।
दादी जो लाई मीठी
सगुणों की थाली
दिए हैं एक हज़ार।
भागी भरा ऐसा दिन है सखियो

दे न क्या कुछ वार।
रूप और रंग बाबुल राजे जैसा
बालों पर सोने का निखार।
सोहनी सुहानी सबके मन भानी
मेहर की लाडली आई समुद्रों पार !
बाँटो री बाँटो सखियो
मिश्री के कूजे
इससे बड़ा क्या त्योहार !

गाँव की बूढ़ी ताई मेलो ने आकर लड़की का सरवारना किया तो सरवारना करनेवालियों का जमघट बँध गया।

माँ सदके गई।

मेरी मिट्ठी लाडो।

जुग-जुग जीए मेरे मेहर की लाडली।

अचानक हड़बड़ाती हुई करतारो औरतों को ठेल जैनी के पास आई और हाथ में से छोटी-सी डिबिया निकाल लड़की की गाल पर काजल का टीका दे दिया।

—रख साईं की।

रात जैनी आराम से लेटी तो दादीमाँ पास जा बैठी। पहले सिर पर प्यार से हाथ फेरा फिर धुँधली आँखों से लड़की को निहारती रही।

जैनी ने दादीमाँ का बूढ़ा हाथ छूकर कहा—

—दादीमाँ, पापा के लिए उदास हैं न !

—बेटे की याद में दादी की आँखें फिर भर आईं।

—बच्ची इस बुढ़िया का ख्याल मत करना। मेरा मेहर नहीं तो उसकी बेटी तो आई मेरे जीते जी।

—पापा दादीमाँ को बहुत-बहुत याद करते थे। जिस दिन गए उस दिन भी घर गाँव की बातें करते रहे। कैसे मदरसे जाने को आप उन्हें जगाया करतीं—कैसे पापा मचले बने रहते।

बूढ़ी दादी जैसे बरसों पहले का दिन लौटा लाईं। चेहरे पर एक पुरानी हँसी बिखर गई।

—बच्ची, मेहर मचला बन सोया रहता, मैं जगाती मिन्नतें करतीं। समझाती बापू गुस्सा करेंगे तो झट जवाब देता—काहे गुस्सा करेंगे बापू ! मैंने क्या उनके खेत काटे हैं।

कहते-कहते दादी आप-ही-आप हँसती चलीं।

—बड़े मीठे दिन थे बच्ची। घर में मेहर के दोस्तों की गहमागहमी रहती। उसकी तेज़ अक्ल पर उसके बापू .खुश होते। उसकी कद-काठी बढ़ती-चढ़ती देख मैं मन-ही-मन डरती। इतनी .खुशी .खुशहाली कैसे समाएगी। तुम्हारे बाबा से कहती—

—जी, काम-धन्धे इतने न फैलाओ। कौन घर में सात बेटे हैं। ले-देकर एक मेहर है !

तुम्हारे दादू सिर हिलाते—

—यह जान रख भागवान, तुम्हारे मेहरबान में सात जागीरें सँभालने की अक्ल है। बेटी मेरे मेहर को ऐसी नज़र लगी कि वे दिन आए-गए हो गए। तुम्हारे दादू न रहे और मेहर मेरा समुद्रों पार जा बसा।

—दादीमाँ साहबकौर कौन थी ?

दादी का चेहरा कड़ा हो आया।

—उसका नाम मत ले, वह हमारी दुश्मन है। किसी जुग के बदले थे। या यूँ कहो, उस अभागिन के बहाने हम माँ बेटे को किस्मत ने बिछुड़ा दिया।

जैनी ने सिरहाना उठा दादीमाँ की कोहनी तले रख दिया।

—दादीमाँ साहबकौर पापा की क्या होती थीं ?

दादी की आँखों में जैसे अंगारे निकलने लगे।

—वाहगुरु-वाहगुरु...मेरी बच्ची, आते ही यह तूने क्या पूछ लिया ? वह दुश्मनों की लड़की, इस घर की सबसे बड़ी बैरिन ! पहले मेरे बेटे को छलावा दिया—फिर मुझ दुखियारी को जलाने के लिए एक बाँका लड़का पैदा कर इलाक़े में खड़ा कर दिया।

—दादीमाँ साहबकौर है कहाँ ?

—उस बैरिन को कहाँ जाना है बेटी। जीती-जागती लड़के के सिर पर राज करती है। अभागिन तो मैं हूँ जिसने बरसों दाता के दरबार में भीख माँगी। एक बार सिर्फ़ एक बार मेरा मेहर घर लौट आए तो उस खानदान के तेवर मिट्टी में न मिला दूँ। पर मालिक को मंजूर नहीं था।

जैनी ने दादी का हाथ पकड़ लिया।

—दादीमाँ पापा तो रहे नहीं—अब जो मुझे कहोगी—वही मैं करूँगी। पर दादीमाँ यह तो बताओ साहबकौर को हमसे क्या लेना-देना।

दादी लेटे-लेटे उठ बैठी।

—ओ मेरे मेहर की लाड़ली कर्मों की धनी साहबकौर को अब कोई कमी नहीं। उसने एक नज़र में इस घर की खुशियाँ छीन लीं। सुन बेटी—कभी उसके लड़के ज़ोरावर सिंह से टाकरा हो जाए तो मुँह न लगाना। हमेशा के लिए याद रख, वे लोग इस घर के दुश्मन हैं।

जैनी ने सिर हिलाया

—समझी दादीमाँ, समझी—पर यह तो बताओ साहबकौर पपा की दुश्मन कैसे हुई।

—दुश्मन ! न मिलती वह छलावी मेरे बेटे को और न मेरे बेटे के दिल में दरार पड़ती।

—एक साल बैसाखी के मेले पर—चिट्टे घोड़े पर सवार मेहरबान अपने दोस्त-यारों के संग व्यासे के मेले पहुँचा तो रंग-बिरंगे कपड़ों में औरतें और मर्द जीती-जागती तसवीरें लगते थे। सजीले गबरू जवान, ऊँचे अकड़े शमलों में। चमचमाते कपड़ों में लिपटी हमारे गाँवों की खुली-डुली बेटियाँ।

वहीं, उसी बैसाखी के मेले की गहमा-गहमी में ड्योढीढ़ार समर सिंह ने दूर तक लगे तम्बुओं की ओर नज़र मारी—

—वह अट्टारीवालों के ख़ेमे दिख रहे हैं न—उन्हीं के आगे अपने डेरे में।

अट्टारीवाला प्रीतिपाल सिंह कितने दिन कलगी लगाएगा अब इतना ही देखना बाकी है।

—प्रीतिपाल की न पूछो यारो, मुन्नीबाई के चक्कर में खजाने खाली होते कितनी देर लगेगी। जोम-जलवे वाला बाप तो लकवे से पड़ा है।

अट्टारीवालों के खेमों के सामने घुड़सवारों की चाल हल्की हो गई।

पीली पट्ट के सलवार-कुरते पर गोटेवाली गुलाबी ओढ़नी। और तराशे हुए नाक पर चमचमाता मोती।

बड़ी-बड़ी दो आँखों वाली लड़की ने घुड़सवारों की ओर देखा—मुस्कुराई फिर आँखों पर हाथ रख लिया।

मेहरबान सिंह ने साथियों को आगे बढ़ने का इशारा किया, और आप फुर्ती से घोड़े पर से उतरा। पास जाकर पिघले गले से कहा—

—नाम क्या है इस मोहिनी मूरत का।

लड़की ने अँगुलियों की ओट में से देखा और मुस्कुराकर कहा—साहब कौर !

—और आपजी का नाम ?

—मेहरबान सिंह।

—हाय मैं मर गई—साहब कौर ने आँचल का छोर मुँह में दे लिया कि दूर से आवाज़ पड़ी—साहबाँ...।

साहबाँ ने पलकें उठा मेहरबान सिंह की ओर देखा, फिर सिर हिला खेमों की ओर दौड़ पड़ी। सहसा पाँव में पाँयचा अटक गया। साहबाँ ने गर्दन पीछे मोड़ी और हाथ से चले जाने का इशारा किया—जाओ।

मेहरबान सिंह कई पल खड़े-खड़े ओझल होती उस अनोखी मूरत को देखते रहे जो गहरे कहीं उनके मन में खुब गई थी।

घोड़े पर सवार हो ऐड लगाई तो दिल में तूफान-सा उठ खड़ा हुआ। पट्टीवाल और अटारीवाल की पुरानी दुश्मनी और उन्हीं की लड़की साहब कौर। जो भी हो इस बाजी पर मेहरबान बड़े-से-बड़ा दाँव लगाएगा।

इसके बाद बैसाखी के तीन भागीभरे त्यौहार आए, मेले लगे और तीनों बार मेहरबान सिंह पहले की सी कशिश और खिंचाव से साहबाँ को मिलते रहे।

पिछली बार बैसाखी पर मेहरबान ने सहेलियों की चुलबुली खिलखिलाती भीड़ में से साहबाँ को जा बुलाया।

—साहबाँ !

एक थरथराती सी आवाज़ साहबाँ के कान में पड़ी और दिल में उतर गई।

साहबाँ ने घबराकर अपनी सहेली सतबीरी का हाथ पकड़ लिया और झुंड से अलग हो गई।

मेहरबान सिंह के घोड़े को ऊँटों की हाट पीछे ओझल होते देखा तो वही राह पकड़ ली।

सतबीरी ने बाँह खींची–

–साहबाँ–उधर कहाँ ? कौन है री ?

साहबाँ ने शोख शरबती आँखों से सतबीरी को चुप करा दिया और कान में कहा–

–पट्टीवाल वाले मेहरबान सिंह।

सतबीरी की आँखें फैल गईं।

–क्या कहा री–पट्टीवाल।

साहबाँ ने बेबसी से सिर हिला दिया–हाँ, वही सतबीरी। और सहेली का हाथ खींच आगे दौड़ चली।

एकाएक सतबीरी ने साहबाँ को कन्धे से झकझोर दिया।

–पागल हो गई है क्या ? उन लोगों के साथ तुम्हारे घरवालों की पुरानी दुश्मनी है। तेरे वीरजी पता पा गए तो जीती न छोड़ेंगे।

साहबाँ की छाती पे धौंकनी चलने लगी।

–सब जानती हूँ बहनेली। मैं सब जानती हूँ–पर आज तो मुझे मिलने दे।

फिर मिन्नत कर सहेली से कहा–

–चौकस खड़ी रहना सतबीरी तुम्हें मेरी सौंह !

मेहरबान ने घोड़ा छाँव में बाँधा, पलटकर नज़र उठाई तो आँखें पलक झपकना भूल गए।

हरे जोड़े पर हरी ओढ़नी और उस पर चमकती

हिरणी की सी बड़ी-बड़ी मासूम आँखें।

मेहरबान सिंह क़दम उठाकर पास आए, बाँहें फैलाईं कि साहबाँ उनसे आ लगी।

लम्बी घड़ी के बाद हौले से कहा—साहबाँ।

साहबाँ ने मुँह उठाया तो आँखें भर आईं—डरती हूँ—वीरजी ने पता पा लिया तो जीती न छोड़ेंगे।

जवाब में मेहरबान ने पहले साहबाँ का सिर थपथपाया—माथा छुआ फिर जाने क्या हुआ कि भरपूर साहबाँ को चूम लिया।

साहबाँ थर-थर काँपने लगी।

—जी, पुरानी दुश्मनी तो न बीच आएगी।

मेहरबान सिंह बहुत देर साहबाँ को देखते रहे फिर बाँह से घेरकर कहा—

साहब अगर हम तुम दोनों अटल रहे तो कोई क्या कर सकता है !

साहबाँ ने मेहरबान की चौड़ी छाती पर नज़र गड़ा दी। फिर हाथ पकड़ काँपती आवाज़ में कहा—

—तो हुआ क़ौल-करार।

मेहरबान ने लाड़ से साहबाँ के बाल सहला दिए।

—अरी ओ, अरी ओ...चली आ...

सावधान करती सतबीरी की आवाज़ थी।

साहबाँ ने मेहरबान की आँखों में देखा, फिर भोली शरबती मुसकान दे बाँह छुड़ा ली और वह भागी और वह भागी...।

गाँव में लोहड़ी के त्योहार की तैयारियाँ होने लगीं। ईंधन उपलों के ढेर लगने लगे। घरों की लिपाई-पुताई हुई। मीठे के कड़ाह चढ़े। मकई फूलों की चंगेरें हँस-हँस गईं और गुड़ शक्कर के छाज।

सुबह दिन खुलते ही मेहरबान बाँका साफा पहने माँ के पाँव छूने आए तो वह चौके में बैठी दूध बिलोती थी। बेटे को देख मन-ही-मन दाते के आगे सिर नवाया। फिर आशीष दी—

—माँ बलिहारी गई। जीते रहो बेटा, सुबह-सुबह आज किधर।

मेहरबान हँस दिए।

—माँ जरा नहर पार की ज़मीनों पर जाना है। सँझा तक लौट आऊँगा।

—बच्चा आज दिन त्योहार गाँव में रह। कोई सलाह सम्मति चाहेगा तो कहाँ ढूँढ़ता फिरेगा।

मेहरबान के चेहरे पर जैसे कोई उगती धूप

चढ़ आई।

—ज़रूरी काम से जाता हूँ। तुम्हारे हुक्म के मुताबिक़ दिन ढलते लौट आऊँगा।

अम्मा ने झूठ-मूठ के तेवर चढ़ा लिये—

—ख़ूब जानती हूँ मेहर, तेरे बापू भी यही कहा करते थे। मर्दों के लिए तो बाहर के सब काम ज़रूरी—कौन हम औरतें बाहर देखने जाएँगी।

मेहरबान सिंह बड़ी प्यारी हँसी हँसे।

—तुम्हारी आँख का जवाब नहीं। तुम्हारे साथ बापू को किस पतली डोर पर चलना पड़ता होगा, इसका अन्दाज़ा अब लगा सकता हूँ। जानी जान हो माँ—पर अब यह बताओ कि तुम्हें यह सूझा कैसे कि मैं कह कुछ और रहा हूँ और जा कहीं और।

अम्मा ने हँसते-हँसते कपड़ा माथे तक खींच लिया—फिर गम्भीर होकर कहा—

—बेटा। तुम्हारे बापू की बड़ी मीठी याद आई है। नई-नई ब्याही आई थी। यही भागमरा लोहड़ी का दिन था। दिन भर तेरे बापू की झलक न मिली थी। रात को लोहड़ी के ढोल बजे तो घोड़े की टाप सुनी। ऊपर आए—गुस्से में फुँफकारकर कहा—

अभी जोड़ा नहीं पहना—दुल्हन की पहली लोहड़ी है। लोग नीचे बैठे इन्तज़ार करते हैं।

झटपट तैयार हुई। उनके संग नीचे उतरी तो धीरे से बोले—

—जानती हो, अप्पन दिन भर कहाँ थे ?

मैं बोली—कुसूर की माफ़ी हो तो कहूँ—छनन-छनन...छन...न...कोठेवाली के यहाँ।

मेहर, तेरे बापू का चेहरा कड़ा हो आया पर लोहड़ी

से लौटने तक मेरा हाथ न छोड़ा।

मन में डरी पर सिंह तुम्हारा बापू दिल का दिलेर था। सोती बार कहा–

भागवान तेरे पास सब कुछ जानने-पढ़ने की विद्या मन्त्र हो तो रख अपने पास, पर याद रहे कि मर्दों की सब करनियों के सुराग निकालना ठीक नहीं। जो करते हैं करने दो। पीछा करोगी ? उससे कलकल बहती है घर में।

–तुम तो मेरे बेटे हो, तुम्हारे दिल की तार माँ के दिल में ज़रूर बजेगी।

मेहरबान सिंह ठहरी नज़र से माँ को देखते रहे–

–माँ आज जहाँ जाता हूँ–अगर सीधी पड़ गई तो दुनिया में मुझ-सा ख़ुश और कोई न होगा।

माँ का चेहरा खिल आया।

–तुम्हारे मुँह घी शक्कर। बलिहारी जाऊँ अपने लाल की साध पर।

फिर रुककर कहा–

–वाहगुरु की चोट–बेटा दिन रहते घर लौट जाना।

मेहर ने सिर झुकाया–सत बचन !

उस दुपहर अट्टारीवाल की टेकरी की ओट नदी किनारे साहबाँ मेहरबान सिंह से मिली तो पहले के भोले मासूम चेहरे पर गज़ब की शोखी थी।

—साहबाँ ?

साहबाँ ने इस बार पलकें नहीं झुकाईं। चंचल नजरों से सामना किए रही।

अगर प्रीतिपाल सिंह मुझे यहाँ देख ले तो जानती है क्या हश्र होगा।

साहबाँ ने मेहरबान सिंह के मुँह पर हाथ रख दिया।

—बरस-बरस के दिन ऐसे वाक न निकालो साहबजी।

मेहरबान सिंह गम्भीर हुए—

—या मेहरबान सिंह नहीं और या मेहरबान सिंह की साहबाँ।

—हाथ जोड़ती हूँ मुझे इतना न सताओ।

मेहर ने आसपास चौकस नजर मारी—हाथ से

साहबाँ के बाल सहलाए और माथा चूमकर कहा—

—काँटों की राह है साहबाँ, है तुम्हें मेरा साथ मंज़ूर।

साहबाँ के होठ हिले—साहबाँ आपजी का साथ मेरा भाग।

मेहरबान गम्भीर हो आया—

—साहबाँ, यह मेरी तुम्हारी नहीं दो खानदानों की दुश्मनी और बैर का झमेला है। कहो तो जाकर प्रीतिपाल से तुम्हारा हाथ माँग लूँ।

साहबाँ के चेहरे का रंग उड़ गया।

—आज नहीं—साहबजी, आज नहीं। अपने दोस्त यारों से घिरे वीरजी सुबह से नशे में धुत हैं।

मेहरबान मुस्कुराए। साहबाँ की ठुड्डी ऊपर की—उसकी आँखों में देखा—

—मेरी मीठी साहबाँ, मेरे दम-खम पर तुम्हें इतना ही भरोसा !

—न...न...जी आप सा तो लाखों में एक।

एकाएक चौंककर साहबाँ ने दूर से आती कोई आहट सुनी। घबराकर कहा—

—मेरी सौंह है मेहर, आज बिना कुछ देखे-सुने पट्टीवाल परत जाओ—मैं चली—

आवाज़ पास आती जान साहबाँ ने पाँव की जूती कहीं उतार दी और नंगे पाँव कुलाँचें भरती बिजली की तेज़ी से भाग गई।

मेहरबान फुर्ती से घोड़े पर सवार हुए। एड़ी लगा घोड़े का रुख पलटा कि सामने से आई गोली पास से निकल गई।

मेहरबान न ठिठके, न झिझके, न मुड़कर देखा। दिन

ढलते पट्टीवाल में दाख़िल हुए तो गाँव में लोहड़ी के ढोल बजते थे।

अपने छोटे-से आँगन में दो चारपाइयों की ओट कर नहाती सतबीरी।

खटखट...

—कौण है री ! जो भी हो कान खोल सुनो, आधे घंटे को दफा हो—फिर परत कर साँकल बजाना !

—काहे सतबीरी—खोल न, मैं साहबाँ हूँ।

—हाय मैं मर गई—

सतबीरी ने झट चादर लपेटी और पट कुंडी खोल साहबाँ को अन्दर खींच लिया। फिर मटककर कहा—

—कह बहनेली किधर से !

हँफ-हँफ जाती साहबाँ ने गागर की ओर इशारा किया—पानी !

सतबीरी ने शरारत से पहले साहबाँ का पराँदा हिलाया, फिर कटोरा हाथ में थमाकर कहा—

—साहबाँ सोहणी, इस घड़ी सरकारें किधर से आईं।

साहबाँ ने सतबीरी का हाथ पकड़ लिया—

—सहेली, तू मेरी धर्मबहन है—आज मुझे बचा।

—क्या हुआ री ?

टीकरी पर गई थी मिलने साहबजी को—किसी की आवाज़ सुनी तो भगदड़ में पाँव की जूती वहीं छोड़ आई।

सतबीरी हँसी—

—पाँव की जूती ही भूली। जाँच-पड़ताल कर ले बहनेली कुछ और तो नहीं छोड़ आई।

—हँसी ठट्ठा छोड़ सतबीरी—आगे तो सुन। मैं चली तो मेहरबान अभी घोड़े पर न विराजा था। ढलान पर ही थी कि गोली चलने की आवाज़ सुन पड़ी।

—अरी शुभ-शुभ बोल—तेरा बाँका बहादुर तो सही-सलामत नीचे उतर गया।

साहबाँ रोने लगी।

—आज ही तुम्हारे बिना गई और मुसीबत सिर आन पड़ी।

सतबीरी ने तुरत-फुरत कपड़े पहने और साहबाँ को गलबाँही दे कहा—

—मेरी अच्छी साहबाँ तू हवेली पहुँचती बन और मैं अभी टीकरी से आई।

साहबाँ ने सतबीरी का आँचरा थाम लिया—

—मेरी आँख फड़कती है साहबाँ, मुझे अकेली न छोड़।

—चल पटरानी, सिंह-सरदारों की बहन-बेटियों को कैसा डर। कोई तेरी जूती पहचान भरम फैलाए, क्या फ़ायदा।

—अगर जूती न मिली सतबीरी ?

सतबीरी का अपना दिल काँपा पर हौसला दे कहा—

—मिल गई तो सो भला। न मिली तो समझना सैय्याँ ले गया सुनहरी जूती समझ के निशानी।

—सतबीरी आज यह मसखरी नहीं सुहाती।

बुर्जी पर बैठी साहबाँ सतबीरी की राह देख-देख थक गई। टीकरी पर से उतरती सतबीरी जब साहबाँ को दिखी तो थके-थके पाँव अपने ढोर हाँकती आती थी।

सतबीरी को ऊपर आते-आते जैसे पूरा एक जुग ही बीता।

—हाथ लगी ?

सतबीरी ने सिर हिलाया—

—वह नहीं, पर कुछ और ?

—मुँह मीठा करवा तो कुछ दूँ।

—कहे तो शीरे से नहला दूँ सहेली।

सतबीरी ने एक रेशमी रूमाल साहबाँ के आगे कर दिया—

—पहचान कर ले, तेरे महरम का ही है न।

साहबाँ ने रूमाल आँखों से लगाया, सूँघा, फिर माथे से छुआया—

—कहाँ पाया ?

—टीकरी के अगले पुल पर।

साहबाँ ने हाथ जोड़ शीश नवाया—

—वाहगुरु की नजर सीधी बहनेली, मेरी जान में जान आई।

सतबीरी गम्भीर हुई।

—साहबाँ, पट्टीवालवालों ने कुछ कहा।

साहबाँ ने मेहर की याद में सिर हिलाया—

—हाँ बहनेली। बोले—साहबाँ ! तुम कहो तो प्रीतिपाल से तुम्हारा हाथ माँग लूँ।

सतबीरी सोच में पड़ गई।

—साहबाँ री तेरा सिंह सरदार तो भला है और वीर तुम्हारा धुर सिरे से उल्टा। कैसे बन आएगी।

—सतबीरी तू कहे तो भाभी से बात करूँ।

—कभी भूलकर भी ऐसी नासमझी न करना साहबाँ ! तेरी भाभी का बस चले तो खटिया-तोड़ अपने

भाई को तेरा दूल्हा बना दे।

साहबाँ ने तरेर दिया।

—चुप री, गाली न दे।

सुन। पट्टीवालों के सरदार बाँके के तुल तो कुछ भी नहीं।

सतबीरी सहेली के मुखड़े पर कुछ पढ़ती रही फिर हँसकर कहा—

—उसने क्या ठोक-बजा के देख लिया है साहबकौर को ?

—नासहोनी सतबीरी तेरी घुमाऊँ भंभीरी—

फिर साहबाँ जैसे अपने से ही कहती हो—

—आँखें ऐसी निश्चल कि कोई जोगी हो, बोल ऐसे सयाने कि भाई बाप हो, लाड़-सत्कार ऐसा कि अपना बापू हो, सतबीरी कैसे बताऊँ, क्या सूरत और क्या सीरत।

सतबीरी ने नयन मटकाए—

—बस री, ख़त्म कर अपने तेरे प्रीतम का कवित। सुनें तो सही ऐसे रमते जोगी भोगी ने हमारी भोली साहबाँ को कौन-कौन सी पट्टी पढ़ा दी है।

साहबाँ ने सिर हिलाया—

—सतबीरी सौंह गुरुओं की। जो तू समझती है वह नहीं। मेहरबान जब मिलता है तो बाल सहला देता है—ऐसे कि हाथ से मानो फूल झरते हों। माथा चूमे आदर से तो ऐसे कि कोई मग्न हो आँखें मूँद ले। और गर्म-गर्म गले से पुकारे तो ऐसे जैसे कोई चुपड़ी-चिकनी रोटी हो गेहूँ की—

—साहबाँ मिट्ठी !!

दोनों सहेलियाँ हँसीं।

कोई ढंग हुआ न प्यार से बुलाने का—साहबाँ मिट्ठी।

एकाएक लड़कियों की हँसी सूख गई। साँसें रुक गईं।

प्रीतिपाल सिंह सामने खड़े थे।

लाल-लाल ज़ालिम आँखों से पहले घूरते रहे। फिर निर्दयी हाथ से बहन को पास खींच लिया और कड़ककर कहा—

—जो नोकदार तिल्लेवाली जूती पहनकर इस घर के दुश्मन से मिलने गई थी—बता वह कहाँ है ?

साहबाँ थर-थर काँपने लगी। सतबीरी चमककर सामने आई और बिसूरकर कहा—

—वीरजीयो मेरी तोहमत साहबाँ को न लगाओ। वह जूती तो मैं ले गई थी माँगकर।

—फिर वह जूती छोड़ क्यों आई ?

सतबीरी ने आँखें फैला लीं।

—वीरजी, एक शुंकारता वाला साँप था—डरकर भागी।

प्रीतिपाल हँसे।

—यह भी कहोगी कि साहबाँ नहीं, तुम गई थीं मिलने मेहरबान सिंह को।

सतबीरी ने आँखें झुका लीं।

साहबाँ बोली—विनती करती हूँ—वीरजी, वह भले आपका बैरी है पर उसके बिना मैं ज़िन्दा न रहूँगी।

प्रीतिपाल सिंह ठठाकर हँस दिए—

—क्या नौटंकी की है मुटियार ने। कान खोल के सुन सतबीरी, इस घड़ी के बाद तुम्हें कभी साहबाँ के पास देखा तो चीरकर नदी किनारे गड़वा दूँगा।

—वीरजी सतबीरी को यह न कहिए। मेरी धर्म-बहन है। हम दोनों ने हरमन्दर साहिब में ओढ़नियाँ बदली थीं।

सतबीरी ने साहबाँ को संकेत किया और मीठे सुर में कहा—

—अच्छे वीरजी, आज बरस-बरस के दिन भूल-चूक की माफ़ी। आपजी का हुक्म हो तो हम दोनों जाएँ। लड़कियाँ भाभी के अंगना गिद्धा डाल रही हैं।

प्रीतिपाल सिंह ने गरजकर कहा—साहबाँ नहीं... सिर्फ़ तुम जा सकती हो।

सतबीरी ने बेबसी से सहेली की ओर देखा। फिर हाथ मल-मल कहा—

—साहबाँ तेरी जूती माँगकर ले गई थी, क्या पता था इतनी सी बात का बतंगड़ बन जाएगा।

फिर सहेली को गलबाँही दी—

—मुझ अभागिन के कसूर की कोई माफ़ी नहीं—

फिर सतबीरी प्रीतिपाल सिंह के पाँव पर गिर पड़ी।

—मैं बहन होकर आपके पाँव छूती हूँ वीरजी, साहबाँ बेकसूर है !

साहबाँ ने भाई की आँखों में आग देखी तो सहमकर कहा—

—जा बहनेली जा, वीरजी का हुक्म मान।

अट्टारीवाल के चौके में ऊँची लोहड़ी जली। ढोल बजे। भाँगड़े पड़े। बहूटियों के चूड़े खनकते रहे। बेटियों की ठिठोलियाँ और दिलवाले जवान गबरुओं के अरमान उछलते रहे।

बजते ढोलों की थाप पर अट्टारीवाल के सरदारों ने सपरिवार आग की परिक्रमा की। सबसे आगे कड़े चेहरे वाले प्रीतिपाल सिंह, बीच में गहनों में सजी बनी सुरजीत कौर और सुच्चे पट के जोड़े में साहब कौर।

बारी-बारी सबने मक्का के फूल डाले, तिल डाले और ऊँचे जयकारों के साथ अट्टारीवाल वालों ने खुशियाँ जाहिर कीं।

शोरगुल और भीड़-भाड़ में भी प्रीतिपाल की कड़ी नज़र ने साहबाँ का पीछा न छोड़ा। इन सबसे बेख़बर भोली-भाली सरदारनी सुरजीत हँसते मुखड़े सबके अभिवादन का जवाब देती रही।

ऊँची हवेली से आई तिल-फूलों और मीठे की चंगेरें

बँटने लगीं तो अट्टारीवालों ने हाथ जोड़ भीड़ से विदा ली।

बड़ी-बूढ़ियों ने आशीष दी--

वाहगुरु करें अगली लोहड़ी बहू की गोद में अट्टारीवाल के लालजी खेलें। सुरजीत साहबाँ के साथ अपने चबारे चढ़ी तो एकाएक साहबाँ ने भाभी का हाथ पकड़ लिया—

—भाभी !

सुरजीत हँसी।

—काहे रे बीबा रानी, आज तेरी सतबीरी नहीं दिखी !

साहबाँ कुछ बोली नहीं।

अपने कमरे की दहलीज पर सुरजीत ने ननद को लाड़ से अन्दर ठेला।

—बीबीरानी आज मेरे चबारे सो जा। बातें करेंगे—

—न, न भाभी—वीर जी आन पहुँचे तो—

—न री न, आज न वह ऊपर आएँगे। सुबह से सौदागर सिंह उलझाए बैठा है। महफिल अब जमी तो तड़का ही हुआ समझो !

सीढ़ियों पर प्रीतिपाल के भारी पाँव की आहट हुई तो साहबाँ हाथ छुड़ा भागी—

—भाभी वीरजी।

सुरजीत ने दारजी के बैठने की जगह की कि तेवर चढ़े माथे से प्रीतिपाल ऊपर आन पहुँचे।

सुरजीत ने मीठे गले कहा—

—जी आज तो चौक से लौटते सवेरा ही हो गया।

प्रीतिपाल ने तेवर चढ़ाया !

—तड़का ! अभी तो पहला पहर ही खिसका है।

—जी ! कुछ ठंडा-गरम हाज़िर हो !

—न—कुछ न चाहिए। हाँ एक बात तो कह—इधर साहबाँ में कोई फर्क देखती हो।

सुरजीत को साहबाँ का उदास चेहरा खटक गया, पर भोलेपन से कहा—

—न जी न, बीबी तो जैसे पहले थीं, वैसी ही अब भी।

प्रीतिपाल ने तरेरा—

—कैसी थी, और कैसी है—खुलासा कर !

—जी साहबाँ बीबी पहले कसीदा काढ़ती थी—अब भी काढ़ती है। सहेलियों में बैठी चर्खा कातती थी—अब भी कातती है। पहले तर्जे मिला टप्पे गाती थी—अब भी—

झुँझलाकर प्रीतिपाल सिंह ने हाथ से इशारा किया—

—बस-बस बेअक्ल औरत ! रात-दिन का साथ और यह नहीं जानती कि साहबाँ कब नदी किनारे भटकी, कब पट्टीवाल वाले मेहरबान सिंह से मिली—और कब हवेली लौटी !

—मैं मर गई दारजी ! ऐसा न कहिए—बीबा रानी तो भोली बच्ची है।

प्रीतिपाल सिंह गरजे !

—अनाड़ी परले सिरे की। आँख रहते कुछ देखती नहीं।

—जी माफ़ी !

प्रीतिपाल सिंह कुछ देर सोचते रहे, फिर कहा—

—नवीगढ़ी वाला तेरा मौसेरा भाई सिकन्दर अभी ब्याहा तो नहीं ?

—न जी...

—क्या उम्र होगी ?

—जी यही कोई बीस-पच्चीस !

—साहबाँ के लिए कैसा रहेगा ?

—रिश्ता तो वाह-वाह भला, पर जो साहबाँ और पट्टीवाल वाले मेहरबान...

—ख़बरदार सुरजी ! इन दोनों का नाम न मिला। उनकी प्रीत कभी परवान न चढ़ेगी। इसके लिए प्रीतिपाल सिंह को चाहे दोनों में से एक को या दोनों में से दोनों को ख़त्म करना पड़े।

—हाय मैं मर गई—

एकाएक धड़धड़ाती साहबाँ अन्दर आई और वीरजी के पाँव पकड़ लिए—

—वीरजीयो, आपजी ने बिन माँगे इस बहन के सौ-सौ लाड़ किए। आज झोली फैला साहबाँ अपने प्यार की भीख माँगती है।

क्षण-भर को बहन के लिए अट्टारीवाल सरदार की आँखें नम हो गईं, पर अगली घड़ी लोहे की सी आवाज़ में कहा—

—साहबाँ वह तेरे वीर के हाथ में नहीं। मेहरबान पढ़ा-लिखा बाँका ख़ुशहाल है पर ख़ून की सौंह से वह अट्टारीवाल का दुश्मन !

वह मेरा दुश्मन नहीं—मेरे पुरखों के रिश्ते से हमारा वैरी है। समझी।

—ऐसा न कहो वीरजी। अट्टारीवालों ने पट्टीवालों की ज़मीन तो नहीं मार ली—हमारी इनकी दुश्मनी क्या ! वीरजी मैंने उन्हें दिल में बिठाया है, मैं उन्हें पाकर रहूँगी।

प्रीतिपाल कड़के—

—याद रख साहबाँ, अट्टारीवाल और पट्टीवाल का ख़ून बँट चुका, वह कभी एक न होगा।

साहबाँ ने मिन्नत करके कहा—

—वीरजी, इस गले पर छुरी न चलाओ—साहबाँ मर जाएगी।

—साहबाँ यह सदा को जान ले, तेरी तक़दीर के फ़ैसले तेरे पैदा होने से पहले हो चुके। कभी इस घर के बेटे को पट्टीवाल वालों ने ब्याह की सजी-सजाई घोड़ी पर क़त्ल किया था। जानती है तूने ज़िद की तो प्रीतिपाल सिंह को भी अपने पुरखों का क़र्ज चुकाने के लिए वही करना पड़ेगा।

साहबाँ ने कानों पर हाथ रख लिया—

—न, न, वीरजी मैं न सुन पाऊँगी।

—मेहरबान का नाम तेरे ओठों पर आया—तूने इस वैरी के लिए मन भरमाया—चुपके-चुपके, कोई संदेशा उसे भिजवाया—तो पल्ले बाँध ले—उसका सिर धड़ से अलग होने में देर न लगेगी ! यह मेरी सौंह है।

साहबाँ की दर्द-भरी चीख़ निकली और पछाड़ खा भाभी की बाँहों में बेहोश हो गई।

भाभी ने सहलाया। पुचकारा। आँख खुली तो रो-रो बेहाल हुई।

जब आँख लगी तो सपने में देखा—

पट्टीवाल की ऊँची हवेली पर भीड़ लगी है। घोड़े पर विराजते मेहरबान सिंह सेहरों में से हँसते हैं। वही मीठी हँसी। सजी-बनी औरतें नेग न्योछारती हैं।

—माँ ! जो करना है जल्दी करो। तुम्हारी अट्टारीवाली बहू डोले में बैठी थक गई होगी—

गहने-गट्टे से लदी, बन्दों वाली भारी ओढ़नी लिए

सरदारनी सास झूठ-मूठ के तेवर चढ़ाकर बोली—

—लालजी तनिक सब्र करो। आज तो यह बुढ़िया ही फ़रमान निकालेगी। तुम्हारी सोहणी साहबाँ का सिक्का तो कल से चलेगा। क्यों री मैं ग़लत कहती हूँ।

ठुड्डी पर हाथ रखा कि साहबाँ हड़बड़ाकर उठ बैठी। कहाँ अट्टारीवाल, कहाँ के सपने और कहाँ के मन के मीत !

—दादीमाँ फिर !

—फिर क्या बेटी, साहबाँ की सहेली सतबीरी जब छिपती-छिपाती पट्टीवाल पहुँची तो सब ख़त्म हो चुका था। साहबाँ चूड़े बीड़े पहन नवीगढ़ी की पौढ़ी पौढ़ गई थी। सुनकर बेटा ऐसा पत्थर हुआ कि दीवार ही बन गया।

न खाया, न पीया। समझाने-बुझाने पास गई तो मेरी ओर देखा तक नहीं। मिन्नत कर-कर समझाया—

—बेटा, दिल को न लगा, बैरियों की लड़की थी। उसके भाई किए आप ही तुमसे छूट गई—सो भला ! हमें ख़ून-खराबी से क्या लेना !

मेहर ने न जवाब दिया न बोला ! एक दिन गया, रात गई, फिर दिन गया। संझा दीया-बत्ती हुई कि बेटा नीचे उतरा—

चौके की दहलीज़ पर ख़ुशी-ख़ुशी कहा—

—माँ आज तुम्हारे हाथ का गर्म-गर्म पराँठा खाने

का मन है।

जल्दी-जल्दी बेटे की थाली परसी तो खाते-खाते मेहर टकटकी बाँधे माँ की ओर देखता रहा। दिल में तो आई साहबाँ की बात छेड़ूँ पर सोचा अभी-अभी तो लाल का मन बदला है। बेटी वह दिन और आज का यह दिन। उस दिन के बाद अपने बेटे का सोहणा मुखड़ा देखना न बदा था।

अगले दिन बेटा नहीं—बेटे के हाथ का रुक्का पहुँचा—

'माँ, तुम्हें अपने मेहर पर नाज़ था—कि उसने कभी तुम्हारी आज्ञा विरुद्ध काम नहीं किया। लो नज़र लग गई। अपनी सरकार माँ को छोड़ उससे बिना पूछे कहीं दूर जाता हूँ। माँ तेरे मेहर के आगे दो ही रास्ते थे—एक बदला लेने और चुकाने का, दूसरा यहाँ से दूर चले जाने का। मैंने दूसरी राह चुन ली है। जहाँ भी रहूँगा, हर सुबह-शाम माँ को पैरीपौना बुलाऊँगा। सुनना ज़रूर माँ !'

चाँदनी रात में चमचमाती हवेली की बारहदरी में पट्टीवाल की लड़कियाँ भोरे के लिए इकट्ठी हुईं।

अपने-अपने चर्खे, पीढ़ियाँ और पूनियों से भरी पिटारियाँ। बीचों-बीच मीठे और नमकीन की चंगेरें। एक दूसरे को छेड़ती इतराती पट्टीवाल की अल्हड़ लड़कियाँ।

करतारो बीबा रानी का नया चर्खा उठा लाई। रांगली पीढ़ी और बूटेदार पिटारी।

बीबारानी ने पहली पूनी हाथ में ली कि लड़कियों का जमघट ही टूट पड़ा।

करतारो ने फटकारा—

—अरी पीछे री पीछे, तकला टेढ़ा करोगी।

जैनी ने चर्खे की हत्थी घुमाई—घूँ...घूँ...घूँ...।

लड़कियाँ अचरज से देखती रहीं—

—बीबीरानी आपजी ने चर्खा कहाँ सीखा ?

—हाय री इतनी बारीक तार !

जैनी हँसती रही, सूत निकालती रही और आँखें झपकाती रही शरारत से।

दादीमाँ ने ख़ुश होकर सिर पर से न्योछावर की।

—अरे मेरे मेहर की बेटी के क्या कहने ! बात की बात में सूत निकालना सीख लिया।

जैनी ने दादीमाँ के मुँह पर अँगुली रख दी—

—बस दादीमाँ इतनी-सी बात के लिए इतनी तारीफ़।

दादीमाँ हँस-हँस दोहरी हुई—

—रक्ख साईं की—है न मिजाज़ बिलकुल मेरे मेहर जैसा।

दादी ने फिर लड़कियों को घूरा—

—अरी लड़कियों, खड़ी-खड़ी क्या तकती हो—नाचो-गाओ, रौनक लगाओ—आज तो तुम्हारी कुँवरानी पहले 'भौरें' बैठी है।

लड़कियों ने ऊँचे गले सुर छेड़ दिए। पाँव हिले। हाथ हिले और गिद्धा करती लड़कियों से बारहदरी जगमगा उठी।

अचानक लड़कियों के पाँव थम गए। जैनी ने हँसकर पूछा—

—क्यों, रुक क्यों गई ?

एक लड़की ने कान में कुछ कहा—

—अरे वाह ! जैनी खिलखिलाकर हँसी !

—कहाँ हैं ?

—वह सामने बीबीरानी...

जैनी ने इधर-उधर नज़र मारी, फिर लड़कियों से संकेत पा बारहदरी के बुर्ज की ओर दौड़ पड़ी। कूदकर

दीवार पर हाथ रखे, नीचे झाँका तो आँखों में शरारत कौंध गई।

लड़कों का झुंड-का-झुंड खड़ा था।

जैनी ने फुर्ती से छलाँग मारी। फटाक से आवाज़ हुई तो लड़के चौंके।

—कौन ?

जैनी हँस दी।

—यहाँ से तो कुछ भी नज़र न आएगा। आप लोग ऊपर चले आइए न !

किसी ने बढ़कर कहा—

—कुसूर की माफ़ी !

जैनी खिलखिला दी।

—माफ़ी, किस बात की ? हम लोग चर्खा कात रही हैं, गा-बजा रही हैं। ऊपर चले आओ ना।

जैनी ने सुनहरी बाल लहरा दिए।

—आपको मैं दावत दे रही हूँ और आप ऐसे लग रहे हैं जैसे चोरी करने जा रहे थे।

—न...न...बीबीरानी ! लड़कियों में हमारा क्या काम !

—ऐसा ! पर आप लोग छिप-छिपकर क्या देखना चाह रहे थे ?

निहाले ने पीछे से सिर उठाया—

—यह सभी आपको देखना चाहते थे।

—अरे...मुझमें कोई ख़ास बात नहीं। मैं भी वैसी ही हूँ जैसी और लड़कियाँ होती हैं।

जुगिन्दर ने सिर हिला दिया—

—न...न...बीबीरानी आप जैसी सोहणी मूरत अपने देस में नहीं !

किसी ने कसकर एक धौल जुगिन्दर की पीठ पर दिया—

—तमीज़ नहीं बात करने की !

जैनी ने सिर हिला दिया—

—न...न...देखो मेरी बात सुनो—यह भूल जाना अच्छा होगा। हम सब इस गाँव के लड़के-लड़कियाँ हैं। हमउम्र हैं। साथी हैं। हमेशा यह याद रखना क्यों ज़रूरी है कि मैं कुछ अलग हूँ। हाँ, आप लोगों को मुझसे सज़ा मिलनेवाली है। क्या भला ? यहाँ से कूदकर ऊपर आने की दावत। आइए... !

जैनी ने हाथ फैला दीवार फलाँग ली तो बारी-बारी लड़कों का झुंड भी पीछे-पीछे बारहदरी में आन पहुँचा।

—सब कोई मीठा नमकीन लो—

ओढ़नियों की खूँट मुँह में डाले, कनखियों से शरारत भरी नज़रों से देखतीं लड़कियाँ मीठा बाँटने लगीं।

सहसा जैनी को कुछ सूझा। दौड़ी-दौड़ी नीचे गई और दादीमाँ को साथ ले ऊपर चली आई।

—अरी—यह क्या ?

—दादीमाँ ये छिप-छिपकर देखते थे—मैं इन्हें यहाँ ले आई।

दादी ने तेवर चढ़ाए—

—अन्धेर साईं की—अरे बिटिया तो मेरी भोली-भाली है, पर तुम्हें यहाँ के राह-चलन नहीं मालूम। जहाँ चार लड़कियाँ इकट्ठी बैठी हों वहाँ तुम लोगों का क्या काम !

जैनी ने हँसते-हँसते दादी को घेर लिया—

—क्या बात करती हो दादीमाँ—जहाँ लड़कियाँ आई हों वहाँ क्या लड़के नहीं आएँगे ?

—हाय री ! यह क्या ?

जैनी ने दादीमाँ को और हैरान कर दिया—

—अच्छा दादीमाँ, लड़के-लड़कियों से नहीं मिले-जुलेंगे—उनके संग हँसे-खेलेंगे नहीं तो क्या—

दादी गुस्सा होते-होते लड़की की भोली सूरत पर हँस दी—जाओ रे लड़को—चलो नीचे...

—न...न...दादीमाँ इन्हें न जाने देना। इन्होंने छिपकर हमारा नाच-गाना सुना है—अब यह गाएँगे और हम सुनेंगे।

—सो भला, सो भला—पुत्तर आकर कुछ करतब दिखाओ।

कुछ लड़कों ने अम्मा को ख़ुश करने को उनके पाँव छू 'पैरीपौना' किया तो दादी ख़ुशी-ख़ुशी बोली—

—जीते रहो, रौनक़ लगाओ—बीबीरानी को पता तो लगे कि गाँव हमारा भी विलायत से कम अनोखा नहीं।

उस रात पट्टीवाल के लड़कों ने ऐसी 'हीर' गाई कि लड़कियाँ बारहदरी की मुँडेर से तकती-तकती बस आँखें ही बनकर रह गईं।

सुनहरी बालों वाली लड़की के करतब देख-देख पट्टीवाल और आसपास के इलाक़े में तहलका मच गया।

जैनी कभी चुस्त पोशाक में घोड़ा दौड़ाती निकलती, कभी जीप चलाती, कभी खेत पर ट्रैक्टर और कभी स्विमिंग के लिए नहर की ओर निकल जाती।

हर कुछ करने में एक अन्दाज़, एक अदा !

—हाय-हाय—यारो—क्या करें इस दूधिया मेम की झलक।

चुप ओ शौदाई—शकल तो देख अपनी !

गुमान सिंह ने छाती पर हाथ रखा—

—सौंह है अपनी लंगड़ी सास की यारो, इस मेम की गुड़िया को अपने दिल में क़ैद न कर लिया तो मेरा नाम गुमान नहीं !

गुमान सिंह ने कन्धे पर एक दोस्ताना धौल दिया—

—चुप ओ बे बापके। बढ़-बढ़के बोलता रहेगा—तरस तरस तकता रहेगा—इतना ही न !

गुमान सिंह ने बेशरमी से सिर हिलाया—

—वह कोई और होंगे उस्ताद ! यहाँ तो जहाँ नज़र पड़ गई—बस जम गई।

—ओ चल ओ चल—नाहर ने टोहका दिया—

—यार यह पानी विलायत का है, यहाँ तेरा मोतिया न खिलेगा।

—गुमान सिंह का पता है न, जो खन-खन सो अपना—जो छन-छन सो अपना !

सामने देखा—घोड़े पर कोई मूरत-सी, हवा में सुनहरी बाल लहराती बीबारानी चली आ रही थी।

—हैलो अंकल...

जैनी फुर्ती से नीचे उतरी—बाल लहराए, हँसती नज़र से सबको देखा और अंकल अहलूवालिया से हाथ मिलाया—

—चाची के पास से आ रही हूँ। छाछ पिलाई, मक्खन खिलाया—और साथ-साथ आपकी शिकायतें भी की।

फिर जैनी ने पूरी मंडली की ओर देखा—

—हैलो ! मैं जैनी मेहरबान सिंह हूँ। और आप...

चेत सिंह अहलूवालिया ने बारी-बारी से मिलाया—

—बन्ता सिंह, फुम्मन सिंह, कर्तारा, अवतारा, गुमान सिंह, अजीत सिंह।

जैनी ने दिलचस्प निगाहों से गुमान सिंह को देखा—

—उस दिन माजरे की मंडी से लौटती बार आपके साथियों को देखा था—

जैनी खिलखिला दी। आप लोग तो ऐसी जल्दी में थे कि मुड़कर देखा तक नहीं।

गुमान सिंह ने एक लम्बी सर्द नज़र जैनी पर डाली—

—बीबीरानी अप्पन न होंगे—और कोई होगा !

बीबीरानी ने जैसे फिर से पहचान की—सिर हिलाकर कहा—

—न...न...गुमान सिंह जी आपको देखने में भूल कैसे हो सकती है।

जैनी बड़ा मीठा हँसी।

—जो लहरिएदार साफा पहने अकड़कर चले वह गुमान सिंह।

जो चुपके-चुपके पास से निकल जाए वह अजीत सिंह

जो बेबात की बात करे वह कर्तार सिंह

जो हर बात में मजा ले वह नाहर सिंह

जो हर मेले में नाचे वह फुम्मन सिंह

जो हर दरार में झाँके वह तुलाराम—

और जो यह जानकारी जैनी को दे वह

पट्टीवाल के कर्ता-धर्ता चचा हरनाम सिंह !

—सत बचन-सत बचन...बीबीरानी, अक्लें क्या मोल बिकती हैं...

गुमान सिंह किन्हीं ख़यालों में खोया हुआ पहले जैनी की ओर देखता रहा फिर सिर झुकाकर कहा—

—मान गए कुँवरानी, आपके गुलाम हुए। आगे का रब्ब मालिक !

जैनी ने दोस्ती का हाथ आगे बढ़ाया—

—गुमान, सरदार कोई किसी का गुलाम नहीं—सब एक दूसरे के दोस्त हैं। छोटा-बड़ा तो सिर्फ़ उम्र का हिसाब है।

—हाय-हाय मेरी गज़बा—क्या दिमाग़ पाया है। क्या जुबान पाई है और क्या पाई है सूरत !

फुम्मन ने जैनी के आगे सिर झुकाया—

जैनी हँसी। गम्भीर होकर कहा—

—सरदार, सच्चाई कभी इतनी लच्छेदार नहीं होती। पपा कहा करते थे—किसी भी बात को बढ़ा-चढ़ाकर कहने से सच्चाई पर मैल लग जाती है। हाँ—अब नहर किनारे वाली पुरानी हवेली में पपा की मर्जी मुताबिक़ अस्पताल खुल रहा है। आप सब लोगों की मदद दरकार है।

—आप तो हुक्म करें जी हुक्म...।

जैनी ने उछलकर रकाब में पाँव रखा और खरे सवार की फुर्ती से घोड़े पर सवार हुई।

—अहलूवालिया अंकल, कल मुहूर्त पर अखंड पाठ रखा जाएगा और इन्तज़ाम आपके हाथ में होगा—यह भूलिएगा नहीं। नहीं तो लड़ाई में जैनी और चाची मिल जाएँगी !

कहकर जैनी आगे बढ़ गई।

सलाम यार नाज़ुकी वालो !
फिर कभी जीना हुआ तो
जीएँगे—जी भर-भर
फिर कभी मिलना हुआ तो
मिलेंगे—जी भर-भर !
प्यार के फूल खिलेंगे
जी भर-भर !
फिर कभी दीदार मिला
अपना दिलदार मिला
फिर कभी नज़र लड़ी
फिर कभी बाँहें घिरीं
फिर कभी ओंठ मिले
शरबती में घुल-मिलकर
तो सनम सीने में तेरे
हम आशियाँ बना लेंगे।
पछाड़ देंगे हम, वक़्त की दरारें

सँवार लेंगे हम, प्यार की फुहारें
उतार लेंगे हम स्वर्ग की बहारें—
जमीं पे चाँद, औ' जमीं पे तारे
फिर कभी मिलना हुआ—
फिर कभी खिलना हुआ—
तो मिलेंगे—तो खिलेंगे, तो पीएँगे—
तेरे ओठों से शराब
ज़िन्दगी की !

नाजुकी के घुँघरुओं की झनकार ज्यों ही धीमी पड़ी आधा दर्जन ख़ूँखार चेहरों पर मस्ती फैल गई।

—बल्ले ओ बल्ले, क्या कमर मेरी भंभीरी की।

—अरी छानो मानो इधर तो आ, मुझे तो सिर्फ़ हाथ भर की जगह चाहिए—ज़्यादा नहीं।

—हाय...हाय...चुलबुली नाजुकी ने आँखें मटकाईं—

—ऐसा न कहो सरदार, मेरे क्या टुकड़े करोगे।

चौड़ी छाती वालों ने मिलकर ठहाका लगाया—

—अरी बिजुरिया चमक मत—गिर जाएगी।

गुमान सिंह जाने किस सोच में खोया था—लपककर नाजुकी का परांदा पकड़ लिया—और ठुड्डी से पकड़कर कहा—

—बड़ा चाव आ रहा है न, किसी दिन टुकड़े हो गए तो नहर में तैरती नज़र आएगी। एक कंडे बाँहें—एक कंडे टाँगें और बीच में धड़।

—वाह रे कातिल ! नाजुकी चाकरी गीदड़ों की नहीं—मर्द बच्चों की करती है। तू इस कच्ची काया पर कुल्हाड़ी चलाएगा और मेरे सोहणे यार तकते रहेंगे। जा ओ जा—

गुमान सिंह हँसा और हाथ से नाजुकी का गाल

मसल दिया।

दूसरा नाच शुरू होने से पहले ही फुम्मन ने टोक दिया—

—बस घुंघरिया रानी—हो गए कलेजे तेरे नाच से ठंडे। अब माँ से कह तन्दूर तपाए और पेट परचाए।

नाजुकी ने अंगड़ाई ली।

—बस सिंहजी ! मैं तो समझी थी आँखों से पीओगे तो भूख न मिट जाएगी।

कतरि ने चुलबुली को पास खींच लिया। सिर पर चपत लगाकर कहा—

—बस री पहाड़ की बुखारी—सिंह लोगों के गुस्सों के सिगनल डाउन हो गए तो जीती न नज़र आएगी।

नाजुकी ने झूठ-मूठ की चीख़ मारी—

—हाय मैं मर गई।

मंडली के सरदार कुर्बान सिंह ने गर्दन से पकड़कर गोद में बिठा लिया—

—क्यों री, है ख़याल कुछ करने-धरने का।

फिर पीठ पर छोटी-सी चपत लगा दी—

—माँ से कह जल्दी करे—वक़्त की गाड़ी टेशन से चल दी तो यार लोग मुँह तकते रह जाएँगे।

उस रात पट्टीवाल से कुछ ही दूर जरनेली सड़क पर बैंक में डाका पड़ा। डाकुओं ने पुलिस स्टेशन से पहले हथियार लिए। ड्यूटी पर हैड-कान्स्टेबल प्यारा सिंह को गोली से उड़ाया। फिर पुलिस की जीप में बैठ बैंक जा पहुँचे। चारपाई पर बैठे चौकीदार को कुर्बान सिंह ने हमेशा के लिए ख़ामोश कर दिया। थोड़ी-बहुत नकदी सँभाल गिरोह ने स्ट्रोंग-रूम खोलने की बहुत कोशिश

की। कामयाबी न मिली तो दिक होकर कुर्बान सिंह ने अपने साथियों को पट्टीवाल की ऊँची हवेली की ओर बढ़ने का हुक्म दिया।

गुमान सिंह ने एक बार दबे-दबे कहा—

—सरदार उस मासूम लड़की से अपनी दुश्मनी कैसी !

कुर्बान सिंह ने घुड़क दिया।

—मासूम की मासूमियत कब से याद रखने लगे उस्ताद। मासूम तो मेरी माँ भी थी जिसको बरबाद कर अजायब सिंह ने नहरवाले तबेले में उसका ख़ून करवा दिया था।

जैनी ने रोज़ की तरह चाचा हरनाम सिंह के साथ कुछ वक़्त लगाया। माजरे वाली ज़मीन में ट्यूब-वैल लगवाने का आर्डर लिखा। ट्रैक्टर की मरम्मत के लिए लिखा। फिर मेज़ पर हाथ फैलाकर शरारत से कहा—

—कुछ और काम ?

हरनाम सिंह लाड़ से हँसे—

—बस बच्ची आज के लिए इतना ही—बाक़ी कल—

उठते-उठते याद आया तो कहा—

—स्कूल की बात न भूलिएगा—और कोई जगह न मिली तो तबेला खाली करना पड़ेगा। इसे मेरा अल्टीमेटम समझिए।

हरनाम सिंह हँसे !

—बच्ची भले अपन अंग्रेज़ी न जानें पर यह तो हम समझ गए कि बीबीरानी ने हरी झण्डी दिखा दी है।

जैनी ने ऊपर जाते-जाते काम करती लड़कियों से छेड़छाड़ की। फिर रोज़ की तरह म्यूज़िक ऑन कर

गुसल लिया। बिस्तर में जाने से पहले विली नोरमन की चिट्ठी पढ़ी, तो दादीमाँ की तफ़रीह के लिए दौड़-दौड़ी नीचे गई–

–दादीमाँ, कल कुछ मेहमान आ रहे हैं। तुम देखोगी तो हँस दोगी। एक हैं विली नोरमन, मुझे हवाई जहाज़ में मिले थे। एक हैं इमा–विली नोरमन की चहेती, एक विली के दोस्त डिक–डिक की मंगेतर रीमा और एक और लड़की फ्लूर !

दादी की आँखें फैल गईं।

–पर इन सबकी देखरेख कैसे होगी–ये लोग रहेंगे कैसे...!

–दादीमाँ इनकी देख-रेख हम क्यों करेंगे। वे बच्चे नहीं। अपने टैन्ट साथ ला रहे हैं। नहर के किनारे रहेंगे।

–भोली बच्ची, लड़के-लड़कियाँ साथ-साथ कैसे रहेंगे ?

जैनी हँस-हँस दोहरी हुई।

–दादीमाँ ! ऐसे मत देखो। ये लोग हिप्पीज़ हैं। जैसे चाहे रहते हैं। जहाँ चाहे रहते हैं। जो मन में आता है पहनते हैं–जो दिल को भाता है खाते हैं–पीते हैं...।

हाय मैं मर गई बच्ची–फिर तो यह कंजर हुए न !

–कंजर क्या दादी ?

–बच्ची–उनका न घर, न घाट, देस-विदेस घूमते हैं। जहाँ रात हुई–वहीं पड़ाव...

–यह तो दिलचस्प बात है दादीमाँ, क्या कभी इन्हें अपने गाँव में देखा जा सकता है !

–हाँ-हाँ–कंजर इन्हीं दिनों उतरते हैं–फिर सर्दियाँ खुलते ही उधर की ओर मुँह मोड़ लेते हैं।

जैनी ने ऊपर जाते-जाते दादी को प्यार किया। आशीष पाई। दादी ने पीछे से आवाज़ दी—

—बच्ची एक बात तो बता—वह नहर वाली हवेली में अस्पताल तो भला खुला पर कुर्बान सिंह अवा-तवा बोलता फिरता है।

—बोलने दो दादीमाँ ! अस्पताल पट्टीवाल में बहुत पहले खुलना चाहिए था। कुर्बान सिंह के गुस्से-गिले का फ़िक्र हम क्यों करेंगे ?

—मैं सदके गई। कुर्बान सिंह बड़ा ज़ालिम है ! बच्ची !

—होगा ! पर दादीमाँ कोई किसी पर ज़ोर-जबरदस्ती जुल्म तो नहीं कर सकता। फिर हवेली हमारी है—हम जो भी उसका इस्तेमाल करें।

—बच्ची तुम छोटी हो—न समझोगी—पर एक बात कहूँ—हम कुर्बान सिंह के कुनबे के देनदार हैं।

जैनी ने दादी को गर्दन से घेर लिया—

—पहेलियाँ न बुझाओ—यह बताओ क्या बात है ?

—बच्ची, तेरे दादा ने ज़िन्दगी में बस एक ही हल्की बात की। कुर्बान सिंह की बुआ के पल्ले दोष बाँध उसे मन से उतार फेंका।

—दादीमाँ ! कुर्बान सिंह क्या उसी बुआ का बेटा है ?

दादीमाँ की आँखें फैल गईं—अरी तुमने यह कैसे जाना। क्या हरनामे ने बताया ?

—नहीं दादीमाँ ! अजीत सिंह ने।

—मैं मर गई बच्ची ! तुमसे ऐसी-वैसी बात करने का क्या मतलब !

—गुस्सा न हो दादीमाँ ! अजीत सिंह तो इस घर

का कामदार ही नहीं, दोस्त भी है ! मन में किसी बात का फ़िक्र न करो—पपा होते तो जो करते वही अब भी होगा।

मेरी प्यारी दादी अब सो जाओ—सुबह मक्के की रोटी के साथ मक्खन खाऊँगी।

जैनी दादी से प्यार ले—दादी को प्यार दे अपने कमरे में पहुँची तो कोई पुरानी धुन हवा में लहरा गई।

दो-चार बार नृत्य के क़दम उठाए।

अजीब बात है, जिस घर जिस धरती को हमेशा पपा की आँखों से देखा, वह सचमुच में पराई नहीं लगती। मुझे यहाँ पराया नहीं लगेगा—पपा ज़रूर इतना जानते होंगे। दिल के अन्दर झाँकती हूँ तो लगता है पपा की बेटी हूँ—बाहर देखती हूँ तो महसूस होता है दादी की बच्ची हूँ—सिर्फ़ यहाँ का आसमान नया लगता है।

वहाँ का नीला आकाश और उसमें घुली-मिली शनीचर की शामें—

जैनी ने चुस्ती से कपड़े निकाले, म्यूज़िक ऑन किया और गुसल लेने में मग्न हो गई।

तौलिया उठाते-उठाते कहीं दूर से गोली की आवाज़ आई। कान लगाकर सुना—एक और फ़ायर—

फ़ुर्ती से कपड़ों की ओर हाथ बढ़ाया, नीचे ड्योढ़ी की ओर कोई खटका हुआ—रोशनी गुल हुई और कुछ धड़धड़ाते क़दम सीढ़ियों पर सुन पड़े।

—कौन !

कड़कती आवाज़ आई—

—जान चाहिए तो चाबियों का गुच्छा निकाल दो।

—अभी तो मुझे मेरी जान अजीज है पर कौन-सी

चाबियाँ माँग रहे हैं।

किसी ने लपककर जैनी की बाँह पकड़ ली—

अँधेरे में एक मीठी खिलखिलाहट गूँजी और टार्च की रौशनी कुर्बान सिंह के ढँके चेहरे पर ठिठक गई।

—कुर्बान सिंह चाचा, रात में हथियारों से लैस होकर आने की क्या ज़रूरत आन पड़ी। आपको इस घर से जो भी चाहिए—ले जा सकते हैं।

हरनाम सिंह धड़धड़ाते हाथ में बन्दूक लिए ऊपर आए कि कुर्बान सिंह ने निशाना साधा—

जैनी ने सामने हो कहा—

—न-न चाचा लोगो, ऐसा नहीं होगा—कभी... नहीं...होगा...

—ख़ामोश मेम बच्ची, बड़-बड़ करती चली जाती है। गुमान सिंह ड्योढ़ी की चौकसी रखो। मैं अजायब सिंह सरदार के धुले-सुच्चे कुनबे से निबट लूँगा।

जैनी हँसी—

—कुर्बान सिंह सरदार, सिर्फ़ तुम ही सरदार नहीं हो, यहाँ भी सिंह लोग रहते हैं। हाँ गुमान सिंह आपका हुक्म नहीं बजाएँगे—गुमान सिंह ने जैनी के साथ दोस्ती का वायदा कर रखा है।

कुर्बान सिंह गरजा—

—गुमान सिंह !

गुमान ने एक बार अपने सरदार की ओर देखा—क़दम उठाया—फिर जैनी की ओर सिर हिलाकर कहा—

—बड़े सरदार माफ़ी। गुमान सिंह अपने कौल का गुलाम है। बीबीरानी को वचन दे चुका, ज़बान से न लौटूँगा।

नौकर-चाकरों ने पैट्रोमैक्स ला रौशनी की—तो जैनी

ने कुर्सी खींच कुर्बान सिंह को पेश की—

—चाचा कुर्बान सिंह, आराम से बैठिए, यह घर मेरा ही नहीं, आपका भी तो है।

कुर्बान सिंह ने झुँझलाकर कहा—

—लड़की है कि अजूबा—बोलती ही जाती है। लचर-पचर...चोप्प।

कुर्बान सिंह ने ध्यान से जैनी की ओर देखा तो कुछ सोचते-सोचते चेहरे पर मिठास फैल गई।

जैनी के सिर पर हाथ रखा और हँसकर कहा—चल तेरे इसरार पर तुम्हें छोड़ देता हूँ, पर दादी से कह अपना गहना मेरे हवाले कर दे।

—चाचा गहने ले लोगे तो दादी मेरी शादी में मुझे क्या देगी ? प्लीज़ चाचा—ऐसा न करें।

फिर नटखटी से कहा—चाचा हरनाम सिंह इतने मैं कुछ खाने को लाती हूँ आप इनका गला तर करवाएँ।

कुर्बान सिंह .खुश होकर बोले—भई वाह। यह मेहरबान सिंह की नहीं—हमारे पिंड की मेम लड़की है।

जैनी के दोस्तों ने नहर किनारे अपने खेमे गाड़ दिए थे। बाहर कोने में आग जल रही थी और डिक बार्बीक्यू पर गोश्त भून रहा था।

अन्दर विली नोरमन अपने रंग और ब्रश में पास लेटी फ्लूर की नज़दीकी से बिलकुल बेख़बर था।

फ्लूर ने लेटे-लेटे करवट ली, विली के लिए एक चुम्बन फेंका। जवाब न पा फ्लूर उठी—टखनों तक के लहंगे पर मर्दाना कुर्ता और सिर के बालों में उलझनें ही उलझनें।

बाहर आ फ्लूर ने बीड़ी सुलगाई और डिक से कहा—

—यही इलाज है ग़लतफहमी का—!

डिक ने फ्लूर का सिर सूँघा—फिर पीठ पर थपकी देकर कहा—

—ग़लतफहमियों का इलाज साथ खाना, साथ हँसना और साथ पीना !

फ्लूर ने एक ललचाई नज़र डिक पर फेंकी—

—और साथ सोना भी—यह क्यों नहीं कहते।

डिक ने फ्लूर की गर्दन चूम ली—

—तुम्हें मालूम है, तुम नार्मल नहीं—फिर लौट-लौटकर उस बात को छेड़ना क्यों ज़रूरी है।

फ्लूर को जैसे डिक ने तड़पा दिया।

—दोस्त जब तक रीमा के एक सदी पुराने हाथ-पाँव से भिड़ते रहोगे—मैं तुम्हें नार्मल नहीं लग सकती... समझे !

डिक ने एकाएक हँसना शुरू कर दिया। हँसता रहा—हँसता रहा कि फ्लूर ने उसकी कनपटियों तक के बाल नोच दिए।

—यह तुम हो...नार्मल—सेहतमन्द और ताज़े... छिः...।

डिक कई देर फ्लूर को घूरता रहा, फिर आगे बढ़कर उसके हाथ से बीड़ी ले दूर फेंक दी और कमर से घेरकर फर्श पर पटक दिया—

—दूसरों को कोसने से फ़ायदा। तुम्हारे गर्म मिजाज़ का इलाज तुम्हारी चमड़ी पर बेंतों की बौछार है। याद है न तेहरान की वह सुबह !

फ्लूर ने अपनी गोलाइयों की ओर देखा, एक अँगड़ाई ली—

वह तड़प—वह मर्द—वह सुख !

—ओह माई पुअर डार्लिंग—तुम्हें पसन्द करता हूँ पर तुम्हारी मदद नहीं कर सकता। जानती हो—तुम्हारे लिए हम जैसे अधमरे लोग नहीं—एक जीता-जागता खूँखार शेर चाहिए—

दूसरे टैंट से रीमा बाहर आई। बात सुनकर जम्हाई

ली—और लंगड़ी दे डिक को नीचे गिरा दिया—फिर बाँहों में भींचकर कहा—

—जब देखो फ्लूर से फ्लर्ट किया करते हो—जानते हो तुम्हारे प्यार की यह अँगूठी मेरे हाथ में है।

डिक ने चूम लिया—

—है क्या ? कल तो इसे मैंने विली के हाथ में देखा था। तुम बहुत जल्दी-जल्दी शिफ्ट करती हो।

—बुद्धू हो—विली नोरमन की चहेती रीमा नहीं ईमा है। अब तक विली नोरमन का गला काटकर खेत में फेंक दिया होता।

—हैलो...!

जैनी दाख़िल हुई तो फ्लूर ने जमीन पर लेटे-लेटे आँखें बन्द कर लीं।

—दोस्तो, इतनी ख़ूबसूरत लड़की मैं न देखूँगी।

जैनी हँसी—

—न देखो हमें पर हमारे साथ अजीत सिंह साहिब आए हैं—इन्हें तो मिलो—

—अजीत सिंह...

—फ्लूर...

—हैलो...फ्लूर ने हाथ आगे बढ़ाया और अजीत सिंह का हाथ जैसे थाम लिया कि जकड़ लिया हो।

जवाब में अजीत सिंह ने एक पल को हथियार डाल दिए फिर सहसा फ्लूर का हाथ झटक दिया।

फ्लूर हँसी—हँसती रही—

—तुम मेरे दोस्त बनने के काबिल हो।

जैनी अजीत सिंह को देखकर हँसी—

—मुबारकबाद अजीत सिंह, फ्लूर ने तुम्हें पसन्द किया है।

—बीबीरानी यह बड़ी टेढ़ी चीज़ है—कहो तो सीधा कर दूँ।

जैनी खिलखिलाई—

—कमाल है अजीत सिंह—तुम देखते ही पहचान गए हो कि तुम्हीं इसे सीधा कर सकते हो।

फ्लूर को सपाट फर्श पर लेटे देख अजीत सिंह ने कहा—

—बीबीरानी—यह सोहबत आपजी के काबिल नहीं।

—अजीत सरदार—ये लोग बुरे नहीं—जो सोचते हैं वही जीते हैं।

—जो यह सोच रही है अगर बीबारानी आप जान लो तो इससे बात न करो।

—नहीं—अजीत सिंह ! फ्लूर को कोई साथी चाहिए—तुम ऐसे सुन पड़ते हो कि साथी की ख़्वाहिश कोई अच्छी बात न हो।

अजीत सिंह ने एक नज़र सबकी ओर देखा, फिर सिर हिलाकर हौले से कहा।—

—कहना माफ़—यह तो तन्दूर बनी तप रही है।

दोनों खिलखिलाकर हँसने लगे कि विली नोरमन ने आकर जैनी की बाँह थाम ली।

—अकेले नहीं—जैनी डियर, हमें भी तो मज़ाक में शामिल होने दो।

फ्लूर फर्श से उठी—एक गर्म अदा थी चलने में।

अजीत सिंह के पास आ बाँहें उसके कन्धों पर रख दीं—फिर छाती पर सिर झुका चूम लिया—

—चियर्स...चियर्स...

अजीत ने रुखाई से फ्लूर का सिर उठाया—उसका चेहरा टटोला, आँखों में झाँका—

—कुँवरानी। हुक्म हो तो इसे परचाऊँ।

जैनी मिठास से दोनों की ओर देखती रही—फिर बाल लहरा हँस-हँस गई—

—अजीत सिंह इसमें मेरी इजाज़त नहीं चाहिए—ख़ुद से पूछो—फ्लूर की आँखों से पूछो।

डिक ने खड़े-खड़े सिर हिलाया—

—हर लमहा मर रही है सरदार इसे बचा दो।

अजीत सिंह ने पहले कुछ झिझक से जैनी की ओर देखा—फिर गर्म निगाहों से फ्लूर की ओर और उसके सिर पर धौल देकर कहा—

—चल आ !

फ्लूर ने क़दम उठाया। विजयी आँखों से मुड़कर पीछे देखा। फिर साथियों की ओर एक चुमकारा लहरा दिया।

विली नोरमन की आँखें चमकने लगीं—

—तुम्हारे एक के लिए तुम्हें सौ मिलें...

—वाह ख़ूब...डिक ने सिर हिलाया—

—किसी और के सौ और फ्लूर का एक...क्या तपिश—क्या बहाव है उसकी जकड़ में।

ईमा हाथ में जलती चिलम ले अन्दर आई तो जैसे क्षण भर की ख़ामोशी में उस टैन्ट में कुछ घट गया।

बारी-बारी से सबको दम लगाते देख जैनी ने पूछा—

—यह बीमारी क्या बनारस से मोल ली ?

ईमा ने सिर हिलाया—

—वहीं, जहाँ मैंने नज़ाद पाई।

ईमा ने आँखें बन्द कीं—खोलीं—फिर बन्द कीं और धीरे-से कहा—

—वहाँ मैंने दुनिया को खोया और अपने को पाया।

जैनी हँसी—

—गंगा के किनारे !

—वहीं...वहीं मेरे दोस्तो—

ईमा ने जल्दी-जल्दी कश लगाए, फिर चिलम विली की ओर बढ़ा घुटने सिकोड़ आँखें मूँद लीं।

—मैं ईमा नहीं हूँ—मैं कुछ नहीं हूँ...और सब कुछ हूँ।

जैनी ने विली नोरमन की ओर देखा—

—विली डार्लिंग—यकीनन तुम इस ढकोसले में यक़ीन नहीं करते—या यह तुम्हारा प्यार नहीं। अगर है तो बेवकूफ़ी और जाहिलपना है।

विली नोरमन ने चिलम फूँकी और सिर हिलाकर कहा—

—सिर्फ़ यही अकेली नहीं—इसके साथ हम सब भी।

जैनी ने विली का चेहरा टटोला और हँसकर कहा—

—नहीं विली, तुम अन्धेरा नहीं हो। तुम छलावा नहीं हो। तुम्हारे पास कला का मीडियम है। ब्रश है—

विली ने बाँह बढ़ा ईमा को अपने साथ सटा लिया—

—यह माया है मैं अँधेरा हूँ। अँधेरा हूँ और अँधेरा नहीं हूँ—मैं ब्रश हूँ—मैं आत्मा हूँ...

झुँझलाकर जैनी ने आसपास देखा—शाम के अँधेरे में अधमुँदी आँखों वाली चारों आकृतियाँ फर्श पर लेटी कोई धुँधली तसवीरें लगती थीं।

जैनी ने कोने में पड़ी गिटार उठाई और रात में थर्राती एक धुन छेड़ दी।

देर बाद कोई आहट हुई।

फ्लूर अन्दर आई। कुर्ती के बटन खुले थे। बाल

बिखरे थे। आते ही जैनी को चूम लिया—

—ओ ख़ूबसूरत लड़की—तुम्हारे दोस्त ने मुझे रोशनी बना दिया है—मैं रोशनी हूँ।

जैनी ने पलकें झपकाईं और फिर दिलचस्पी से पूछा—

—और वह ?

—वह रोशनी का फ़रिश्ता !

जैनी ने हौले से फ्लूर का माथा चूम लिया और उसकी गालों को थपथपाकर कहा—

—तुम्हारा कोई .खुदा है तो तुम्हें .खुशी बख़्शे—बहुत ढेर—ढेर सारी !

देर तक पानी में रहने के बाद जैनी बाहर आई। बाँहें फैलाकर जैसे धूप को समेट लेना चाहा। इस नहर किनारे दोस्तों को मिलने की बात थी। वह ग़लत जगह पहुँची है या वे लोग रास्ता भूल गए हैं।

जैनी ने थरमस में से कॉफी ली। बास्केट में से किताब निकाली और वहीं नहर किनारे लेटकर पढ़ने में खो गई।

अचानक किसी गाड़ी का हार्न सुनकर आँखें उठाईं।

एक ऊँची लम्बी शक्ल यूनीफ़ॉर्म में इधर बढ़ी चली आ रही थी।

जैनी ने किताब उंगलियों में समेट ली। लेटे ही लेटे सिर उठाया और दिलचस्प निगाहों से देखा—

एयरफोर्स की यूनीफ़ॉर्म में तीखा ख़ूबसूरत चेहरा और भेदने वाली आँखें।

क़दम ठिठके।

—मे आई—?

जैनी इस क्षण एक जोड़ी शू देखती रही।

—हैलो !

—हैलो !

जैनी ने एक बार फिर नए सिरे से देखा—फिर जैसे अपने से ही कहा हो—

—दूर से आते देखा तो लगा मेरे पपा चले आते हैं।

एक मुख़्तसर सी हँसी ओठों पर।

—जिस पपा की बेटी इतनी ख़ूबसूरत है, वह खुद ही क्या कम होंगे। क्या अपने बारे में मैं भी कोई ग़लतफ़हमी रख सकता हूँ।

—रखिए, पर पपा से तो इस शक्ल का कुछ भी नहीं मिलता। हाँ क़दम और चाल...

—मायूस न कीजिए। इतनी तसल्ली तो दीजिए—

जैनी ने सिर हिलाया—

—नहीं ! क्या चेहरा था मेरे पपा का। सचमुच के इंसान का चेहरा—बेशक ऐसी तराश नहीं थी मगर महसूस करने की एक कशिश, एक लौ—धूप की तरह मीठी और लहकती !

ज़ोरावर सिंह ने सिर झुकाया—

—अब इस ख़ादिम के लिए भी कुछ कहिए—

—यह चेहरा देखने में सर्द, सख़्त और अभिमानी।

जोर का क़हक़हा पड़ा।

—एक ही बार में क़त्ल कर दिया। जीने का हक़ तो हमें भी दीजिए।

—नहीं—कत्ल नहीं कर रही—टुकड़े जोड़कर तसवीर बनाने की कोशिश में हूँ।

—कुछ बनी ?

जैनी ने भोली शरारत से देखा—

—कुछ तो बनी। अकड़ी गर्दन, तीखा चेहरा। कद पपा सा और उन्हीं सी नपी-तुली चाल। ख़ुश न होइए—सबके होते हुए भी आप कुछ और हैं। कहीं कुछ कमी ज़रूर है।

यूनिफ़ॉर्म की हँसी देर तक हवा में गूँजती रही।

—शर्मिन्दा हूँ—सच पूछिए तो आपको देखकर आपकी तारीफ़ में कुछ कहने आया था—

—कहिए !

ज़ोरावर सिंह ने 'कर्टसी' में तनिक सिर झुकाया और आँखें जैनी के चेहरे पर गड़ा दीं।

—यक़ीन मानिए—आपसी ख़ूबसूरत लड़की मैंने आज तक नहीं देखी।

—शुक्रिया ! आपकी तारीफ़ !

एक मज़बूत हाथ आगे बढ़ा—

—स्क्वाड्रन लीडर ज़ोरावर सिंह—

जैनी ने हाथ आगे किया—

—जैनी मेहरबान सिंह—दो हाथ दो आँखें ऐसे ठिठक गए कि जो हुआ, सो न होना चाहिए था।

लम्बे लमहों के बाद ज़ोरावर सिंह ने हौले से कहा—

—मिलकर ख़ुशी हुई।

—मुझे भी !

हाथ छूटे और आँखों में कोई पुरानी भूली-बिसरी कहानी तैर गई। ज़ोरावर सिंह ने कुछ ढूँढ़ती निगाह से सामने खड़ी लड़की की ओर देखा कि जैनी हँस दी।

—अजीब बात है दो ख़ानदानी दुश्मन मिल रहे हैं और किसी के हाथ में हथियार नहीं।

—चाहा कि लड़की को पुचकार दें, हाथ से सहला दें पर कुछ कहा नहीं।

सिर झुकाकर माफ़ी चाही और पीठ मोड़ ली।

जैनी पहले खड़ी-खड़ी तकती रही फिर कुछ हुआ कि लपककर अपनी जीप स्टार्ट की और गाड़ी ज़ोरावर सिंह के पीछे लगा दी।

ऐसे कि जैसे गाड़ियाँ रेस में हों। हार्न दिए—ओवरटेक करना चाहा पर ज़ोरावर ने कोई तरह नहीं दी।

सहसा मोड़ पर जैनी ने गाड़ी कच्चे में उतार आगे बढ़ा ली और छोटे-से पुल पर ज़ोरावर का रास्ता रोक लिया।

—इतनी रुखाई सरदार।

—मुझे अफ़सोस है मिस मेहरबान सिंह आपको ऐसा एहसास हुआ।

शरारत से आँखें चमकने लगीं।

—ग़लती मान लेने के लिए शुक्रिया।

—कहाँ चले जा रहे हैं ?

ज़ोरावर कुछ सोच में थे। सामने दीखती हवेली की ओर संकेत कर कहा—

—माँ से मिलने घर आ रहा हूँ। आप तो पट्टीवाल जाएँगी न !

—यह क्यों नहीं कहते सरदार कि तुम जैनी मेहरबान सिंह को अपनी माँ से मिलाने लिए जा रहे हो।

ज़ोरावर सिंह ओठों से हँसे—आँखों से झेंपे मगर परेशानी से कहा—

—पट्टीवाल दूर है और अँधेरे से पहले आपका वहाँ पहुँचना मुनासिब ही होगा।

—होगा ! जैनी ने सामने घर की ओर इशारा किया—

—रात का खाना मैं वहाँ लूँगी—और वहीं मुलाक़ात होगी पपा की, नहीं-नहीं पपा की नहीं—मेरी सरदारनी साहब कौर से !

फिर छेड़ने की अदा में कहा—

—सुनना अच्छा नहीं लगा न ! कुछ देर के लिए भूल क्यों नहीं जाते कि वह माँ हैं।

—भूलना मुमकिन होता है क्या ?

जैनी ने जैसे लाड़ से ज़ोरावर सिंह की ओर हाथ बढ़ा दिया—

—हर माँ पहले लड़की होती है--फिर प्यार करती है और माँ बन जाती है।

ज़ोरावर गम्भीर बने रहे।

—आपने रौब डाल दिया है मगर पूछ सकता हूँ किस किताब का फिकरा है।

—किताब का नहीं—मेरे पपा के दिमाग़ में उपजा होगा !

सदर दरवाज़े से दोनों गाड़ियाँ साथ-साथ हवेली में दाख़िल हुईं।

सीढ़ियों पर जैनी ने ज़ोरावर सिंह का हाथ पकड़ लिया—

—साहब कौर माँ अपने बेटे की ही तरह रुखाई से तो न मिलेंगी।

जवाब में ज़ोरावर सिंह एक लम्बे क्षण तक जैनी की ओर देखते रहे—फिर बाँह से घेरकर कहा—

—मेरा अब भी यह ख़याल है कि इस लड़की को इस वक़्त यहाँ नहीं अपने घर होना चाहिए था।

जैनी मग्न-सी होकर जैसे अपने से ही कहती हो—

—आज की शाम आपकी ममा की और मेरे पपा की...।

माँ के दरवाज़े पर ज़ोरावर ने जैनी के बाल छू लिए—

—यह जानकर कि तुम किसकी बेटी हो, माँ रो देंगी।

—हिश, रोने की बात नहीं—यह .खुशी का मौक़ा है।

टिक...टिक...साहिब कौर की बैठक के दरवाज़े पर आहट !

बूढ़ी टहलन प्रकट हुई।

—बलिहारी मैं वारीं—लालजी पधारे हैं।

पीढ़ी पर से उठकर किसी ने आँचरा सँभाला और बेटे ने जा 'पैरीपौना' बुलाया—

साहबाँ ने बेटे को गले लगाया—माथा चूमा।

—सुबह से आँख फड़कती थी—जानती थी आज अपने बेटे को देखूँगी ज़रूर !

परदे के पीछे से झाँक जैनी ने ज़ोरावर को इशारा किया—

—चुप !

ज़ोरावर ने माँ को बाँह से घेरकर कहा—

—माँ एक बार कमरे में फिर से देखो—कुछ नई बात नज़र नहीं आती है !

माँ ने लाड़ से बेटे का मुखड़ा देखा—

—लालजी के बिना कमरा उदास पड़ा था। आते ही तो घर जगमगा उठता है। सब पुराना नया हो जाता है।

एक मीठी आवाज़ गूँजी—

—और हमारे आने से सब नया पुराना हो जाता है।

—कौन !

—पहचानिए साहबाँ माँ, नया है कि पुराना !

साहबाँ ने देखा तो देखती रह गई—तब पलक झपक बेटे की ओर देखा—

—लालजी यह गुड़िया कौन...कहाँ...से साथ ले आए !

जैनी खिलखिलाती पास आई—

—नहीं पहचाना !

साहबा की आँखें झिलमिलाईं कि कोई चेहरा दमक गया। साँस रोके, काँपते ओठों से बेटे को एक बार फिर देखा—

जैनी ने बाँह पकड़ ली—

—पहचान लो न साहबा माँ !

साहबाँ जैसे सपने में हो—सिर हिलाकर हौले से कहा—

—पहचाना...

टकटकी लगाए जैनी साहबाँ की आँखों में देखती रही, फिर सिर हिलाकर कहा—

—साहबाँ माँ ने पहचान लिया है कि मैं किसकी बेटी हूँ !

बेटे ने मदद की—

—माँ यह हैं जैनी मेहरबान सिंह—

साहबाँ काँपने लगी कि जैनी ने दोनों ओर चूम लिया—

—यह पपा की ओर से...!

साहब कौर जैसे बेटे से लजा गई हों। जैनी के सिर पर हाथ रखा तो आँखें बरसने लगीं।

ज़ोरावर ने दोनों को सोफ़े पर बिठा दिया—

—माँ इस नटखट लड़की को मैं न पहचानता तो तुम्हें कहाँ से मिलती।

जैनी ने ज़ोरावर सिंह को तरेरा—

—मुझे सिर्फ़ अपने पपा की ही पसन्द अच्छी लगी।

ज़ोरावर कुछ कहते-कहते रुक गए।

साहबाँ हँसी—

—बेटी ऐसा !

जैनी ने सिर हिलाया। कमरे को नए सिरे से देखा। उठकर खिड़की से बाहर झाँका, फिर अन्दर। माँ बेटे को संग-संग निहारा—

—साहबा माँ, आज इस कमरे में मेरे पापा की कमी है। ज़िन्दगी भर उन्हें इस शाम का इन्तज़ार था।

खिड़की से लग खड़े-खड़े जैनी की आँखें बरसने लगी।

ज़ोरावर सिंह माँ के पास लिवा लाए। एक दूसरे का हाथ पकड़े दोनों रोती रहीं।

जैनी ने आँखें पोंछीं और मुस्कुराने की कोशिश में कहा—

—जानती हैं—मेरी ममा बहुत सुन्दर थीं—मीठी थीं—पपा उन्हें बहुत चाहते थे—पर अभी आप दोनों को देखकर लगा कि साहबा माँ मेरी ममा हो सकती थीं और ज़ोरावर सिंह मेरे पपा के बेटे।

साहबाँ ने लड़की को गले से लगा लिया—

—मेरी बच्ची, जो है वही सच है—जो है नहीं—

जैनी ने हाथ से रोक दिया—

—न...न...पपा ने साहबाँ माँ को नहीं पाया पर उनके नज़दीक साहब कौर की याद और सब कुछ होने से ज़्यादा सच्ची थी।

माँ की रुलाई देख ज़ोरावर ने माँ का माथा चूम लिया, फिर जैनी के बाल लहरा दिए और हँसकर कहा—

—दोनों मीठी लड़कियाँ इसी तरह परेशान करती रहीं तो मुझे बिना कुछ खाए-पीए—अपनी मैस में लौट जाना होगा।

अगले दिन ऑफ़ ड्यूटी दोपहर में ज़ोरावर सिंह पहुँचे तो माँ ने हँसकर कहा—

—लालजीयो ऊपर चलकर तो देखो कौन आया है !

—कौन है माँजी साहिब ?

—मैं न कहूँगी—आप बूझो !

ज़ोरावर ने माँ को निहारा और हँसकर कहा—

—वही होगा जो माँ जी साहिब को पसन्द होगा। तभी तो चेहरा खिला है।

साहबाँ हँसी।

—तो माँ को जाँचने-परखने की नौबत आन पहुँची। कहीं मेरी बहू रानी तो नहीं देखी !

—बेफ़िक्र रहो माँ, अभी तुम्हारी होनहार बहू पैदा ही नहीं हुई।

लालजी बरसों पुराना मुहावरा कब तक दोहराते रहोगे।

दोनों संग-संग ऊपर पहुँचे तो दूर से जैनी के सुनहरे

बाल देख ज़ोरावर .ख़ुश हुए।

—हैलो डियर गर्ल !

—हैलो जोरसी !

ज़ोरावर ने हाथ मिलाया, फिर हाथ से जैनी के बाल सहला दिए।

एक संग हैरानी और .ख़ुशी—

—जोरसी—साहब माँ के लिए एक टेप लाई हूँ। अपने जन्मदिन का। पापा के साथ वह मेरी आख़िरी शाम थी और उनके सामने मेरा आख़िरी जन्मदिन भी !

फिर एकाएक बात बदलकर कहा—

—साहब माँ, हम लोग पहले लंच लें, यह बाद में।

ज़ोरावर ने माँ को संकेत किया—

—अगर जैनी को लंच की जल्दी न हो तो पहले टेप—इसे मेरी फ़रमाइश समझ ली जाए...।

जैनी ने आँखें उठा ज़ोरावर की ओर देखा—

—ज़ोरावर सरदार, साहब माँ की बात तो समझती हूँ पर इसमें तुम्हें क्यों दिलचस्पी होगी ?

—ज़ोरावर सिंह माँ की ओर देखने लगे।

—अच्छी लड़की ! जानने में मुझे कितनी दिलचस्पी, कितनी चाह है यह तुम कभी नहीं समझोगी ! माँ साहब समझेंगी।

लौटकर बचपन की ओर देखता हूँ तो एक ही बात याद आती है। अपनी प्यारी माँ की अनमनी नज़र। माँ कभी हँसते-हँसते दुलार से मुझे देखती—मैं निहाल हो जाता। कभी टीका सरदार—मैं पापा को यही बुलाया करता था—माँ बेटे में शामिल हो जाते तो माँ अजीब खोई-खोई नज़रों से कभी मुझे देखती—कभी टीका साहब को, फिर हम दोनों से बेख़बर हो जाती।

बड़ा हुआ तो अनजाने ही माँ को टटोलने लगा। और बड़ा हुआ तो समझ लिया कि माँ के दिल के आसपास कहीं एक और तसवीर थी जिससे माँ हम दोनों बाप-बेटे को मिलाया करती है और उन सा न पाकर झुँझला जाती।

ज़ोरावर सिंह ने माँ को घेर लिया—

—यह सब कहने के लिए माँ अपने बेटे को माफ़ करेंगी। जानती है माँ साहिब, कभी-कभी टीका-साहिब पूछा करते—ज़ोरावर जानते हो तुम्हारी माँ क्या सोचा करती है ?

मैं हँसी में कहता—टीका साहब—माँ ज़रूर सपने देखनेवाली लड़की रही होंगी—

टीका साहब सिर हिलाते—मैं जानता हूँ, रात की रात में मुझसे ब्याह देने के लिए साहबाँ ने अपने भाई प्रीतिपाल सिंह को कभी माफ़ नहीं किया—

साहबाँ जैसे कुछ और न सुनना चाहती थीं। भरी-भरी आँखें उठा इतना ही कहा—

—लालजीयो ! बस।

ज़ोरावर जैनी की ओर मुड़े—

—प्यारी लड़की, माँ की जिस तसवीर का तुम अक्स हो वह कितनी अनोखी रही होगी—यही तो मैं हमेशा माँ की आँखों में ढूँढ़ना चाहता था। अब तो तुम जान लोगी कि मेरी दिलचस्पी क्यों है !

जैनी ने झुककर ज़ोरावर का हाथ पकड़ लिया—

—जोरसी, तुम ज़रूर साहब माँ के बेटे हो—तभी तो इतनी महीन बातें करते हो।

ज़ोरावर ने टेप ऑन कर दिया—

जैनी की आँखें चमकने लगीं।

—साहबाँ माँ उस दिन मैं बहुत .खुश थी। सुबह पापा के साथ माथा टेकने गई। दिन में शापिंग की और शाम को मेरे दोस्तों के लिए पापा ने लैविश-पार्टी दी। ममा नहीं थीं पर लगता था मौजूद हैं—आएँगी—आ जाएँगी— !

टेप में लड़के-लड़कियों की मिली-जुली खिलखिलाहटें —फिर सब को चौंकाती गिटार की मीठी धुन।

—यह निकी है साहिब माँ, निकोलस। गिटार बजाते हैं कि दीवारों को थर्रा दें। मेरे दोस्त—

तालियों की गड़गड़ाहट में गिटार की धुन खो गई। फिर एक और तड़पती तरसती लय उभर आई—

जैनी उठी और संगीत की तेजी में खो गई। ऐसे कि किसी भूली-बिसरी ज़िन्दगी को दुगने प्यार से जीया जा रहा हो। एक अकुलाहट, एक तड़प...एक प्यास।

संगीत शेष हो गया, जैनी फिर भी झूमती-सी, झूलती सी—

ज़ोरावर ने हौले से छूकर कहा—

—अच्छी लड़की, अब हम लोगों की दुनिया में लौट आओ।

जैनी के चेहरे पर कोई पुरानी मिठास लौट आई।

—अब ध्यान से—पपा सुनाई देंगे। इसके बाद उस शाम का आख़िरी नृत्य ! जोरसी उस वाल्ट्ज़ में मैं पापा के साथ नाची थी।

"दोस्तो, इजाज़त हो तो यह आख़िरी पारी अपनी बेटी से माँग लूँ।"

तालियाँ...तालियाँ...

"किसी पुराने दिन की याद में कोई पुरानी धुन बजाओ दोस्त !"

वाल्ट्ज़ का संगीत उभरते ही जैनी उठी—बाँह फैलाई जैसे पापा का ऊँचा कन्धा हो—

ज़ोरावर सिंह पास आए—जैनी को घेर नृत्य की लय में खो गए।

साहब माँ देखती रही कि कोई सपना हो। आँखें बरसने लगीं तो हौले से उठीं और कमरे से बाहर हो गईं।

टेप ख़ामोश हो गया तो जैनी की आँखों पर रिमझिम और ओठों पर हँसी थी।

पास बिठा लिया—

—भोली लड़की यह क्या ! एक साथ धूप और बादल !

अपने-परायों से जैनी और ज़ोरावर सिंह की मुलाक़ात की ख़बर पहुँचते ही इक़बाल सिंह इसे आपद समझ पट्टीवाल पहुँचे तो मेहरबान सिंह सरदार की हवेली वैन्कूवर का ही टुकड़ा बन गई।

—वैलकम इकी डार्लिंग—इतने महीनों बाद तुम्हें देखकर पहली बार महसूस हुआ है कि पीछे बहुत कुछ छोड़ आई हूँ। ममा-पापा—वह घर—वे दोस्त ! अच्छा यह कहो तुम्हारी नीली कैसी है। निकोलस, डिवीं—आजकल किसके साथ डेटिंग कर रहे हो !

इकी ने सिर हिलाया—

—जैनी डार्लिंग, मेरी दोस्त जैनी तो पट्टीवाल में तशरीफ़ रखती है और मैं अकेला था वहाँ।

—ऐसा ! और तुम रोज़ अपनी ममा का हाथ पकड़े लॉलीपॉप ख़रीदने जाते रहे—कमआन इकी—जानते हो वहाँ का लेटेस्ट रैक्ट मेरी जेब में रहता है। किसकी

ट्राफी छीनकर नेपोलियन बन रहे हो।

जैनी ने शरारत से एक आँख भींच ली।

—क्या सच में बैटसी उतनी ही नमकीन चीज़ है जितनी आज। तुम्हीं तो डींगें मारा करते थे।

इकी हँसा—

—है तो ! पूरा क्राउड तुम्हें मिस करता है जैनी डियर—कब लौट रही हो ?

—क्या जैनी का घर देखने गए थे इकी ? मारिया से मुलाक़ात हुई ?

—गया था, आने से एक दिन पहले। जैनी डियर, तुम्हारा घर मीलों से उदास नज़र आता है।

—यह बताओ इकी बोय, अन्दर गए तो क्या-क्या देखा ? घर धूप में था कि छाँह में। फाटक खुला था कि बन्द। गैराज़ में पपा की गाड़ी थी कि नहीं—पपा के घोड़े, पपा के कमरे की खिड़की खुली थी कि नहीं—बरामदे की सीढ़ियों पर ममा खड़ी थी कि नहीं ? और गार्डन से ऊधम मचाती जैनी—

नहीं—तुमने यह कुछ भी नहीं देखा। उस शाम तुमने गाड़ी रोकी। बैटसी को साथ लिए तुम अन्दर दाख़िल हुए। लाइट आन नहीं की और ड्राइंग रूम में ही ढेर हो गए। ग़लत कह रही हूँ ?

—जैनी !

—इकी !

—लौटने पर यह याद रखना कि बेशक घर की देखरेख तुम्हारे पपा के हाथ में है—वह घर उनका नहीं—मेरे ममा- पपा का घर है।

—कब लौट रही हो ? जानती हो मैं तुम्हें लेने आया हूँ।

जैनी हँसी। जितना तुम्हें जानती हूँ इकी बोय, तुम्हारा .खुद का इरादा तो न होगा यहाँ आने का। तुम्हारे पपा का आइडिया होगा।

डैड की फ्लाइट लेट थी। एक घंटा। अनाउंसमेंट सुनकर इकी की झुँझलाहट तन-बदन में फैल गई। साठ मिनट और। ऐसी हड़बड़ाहट और खीझ इक़बाल सिंह को पहले कभी नहीं हुई। डैड के साथ उसे जितनी जल्दी गाँव पहुँचना चाहिए उतनी ही देर हो रही है। काफी के दो प्यालों पर जाने कितनी दलीलें। फ्लाइट पहुँचने की अनाउंसमेंट के साथ ही इकी ने अपने अन्दर हिम्मत महसूस की। डैड मुश्किल से मुश्किल घुंडी सुलझा सकते हैं।

डैड पूरे छह फुट ऊँचे, पतले, रंग पक्का और आँखें बिल्लौरी। आगे बढ़कर डैड के घुटने छुए और हाथ से बैग ले लिया। जीप की ओर बढ़ते हुए डैड ने पूछा—क्या कान्ह सिंह के यहाँ रुकते चलें।

—डैड वक़्त बहुत कम है। जितनी जल्दी पहुँचें उतना ही अच्छा।

डैड ने कुछ कहा नहीं सिर्फ़ तिरछी नजर से इकी

की आँखों में देखा।

—इतनी लड़कियों के साथ खेल-खाल करता रहा है और अब अनाड़ियों की तरह फिक्रमन्द हो रहा है। वह भी भोली जैनी को लेकर।

—डैड वह कल ज़ोरावर के साथ उसके घर पहुँची हुई थी। पगला गई है।

जीप ट्रक से लगते-लगते बची तो डैड ने बेटे को सावधान किया।

—इकी पुत्तर रीलैक्स। यहाँ वैन्कूवर जैसी सड़कें नहीं।

इकी ने गुस्सा दबाकर कहा—डैड, आप वक़्त की नज़ाकत नहीं समझ रहे।

डैड को इकी की यह अदा पसन्द न आई। बाप को अपना पुत्तर समझ रहा है।

—जो भी हो—वहाँ साबुत पहुँचना ज़रूरी है।

—सौरी डैड। गाड़ी क्या सचमुच में इतनी तेज़ चला रहा हूँ।

डैड पसीजे।

—नहीं भी और हाँ भी।

इकी यह सुनकर जाने क्यों तपने लगा।

—क्या बात कर रहे हैं डैड—वह लड़की हमारे हाथ से निकल रही है—यह आधी-आधी हिस्सेदारी की बात मुझे अच्छी नहीं लग रही।

डैड और इकी देर तक गुम-सुम हुए रहे।

दिन ख़ूब जमके निकल आया था और गाँव की नज़दीकी खेत-खलिहानों के साथ-साथ फुदकने लगी थी।

डैड ने इस बार मुँह खोला तो इकी को दिल के

अँधेरे में कुछ रोशनी नज़र आने लगी।

—धीरज इकी। पहुँचते ही सब ठीक हो जाएगा। लड़की बहुत बीबी है। मेरी बात मानेगी। इसके बापू को भी मैंने मनवा लिया था न ! मारिया से ब्याह करने पर तुला था ! मैंने ऐसा नहीं होने दिया।

—डैड आपने ऐसा क्यों किया।

डैड हँसे। फुरतीली जालिम हँसी जो ओठों से नहीं बिल्लौरी आँखों से फूटी थी।

—देखो जैनी का कोई भाई-बहन नहीं। मेहरबान भी अकेला ही था। वह बिदेसन घर में मालिक बन बैठती तो ! जैनी को काबू करना क्या मुश्किल। प्यार से ही सब सँभल जाएगा।

दोस्ताना आवाज़ में इकी ने कहा—डैड जाने क्यों ज़ोरावर पर दिवानी हुई बैठी है। जैसे वैसा बन्दा पहले कभी देखा न हो। कभी हँस-हँसकर उसकी गाड़ी को ओवरटेक करती है। कभी उसके पीछे-पीछे चलती है। कभी उसके साथ उसकी माँ को मिलने जाती है। और ज़ोरावर ऐसा घमंडी कि मुझसे अभी तक दुआ-सलाम तक नहीं की।

—पुत्तर, जैनी सबके साथ यही करती है। भोली है। मिलनसार है। क्या हमारे साथ भोलापन नहीं करती ! अब यह बताओ कि गाँव से चलने पर वह तुम्हें मिली थी कि नहीं।

—डैड, उसी की हवेली के मेहमान घर में रुका हूँ न मैं। ताकीद कर रही थी मुझे कि आपको भी वहीं रुकना है।

डैड हँसे।

—समझदारी में तुम्हारा भी जवाब नहीं। अगर ऐसा

है तो चिन्ता क्यों कर रहे हो।

—डैड, जब चलने लगा तो जैनी नहर किनारे हिप्पियों के साथ थी।

मैंने गाड़ी खड़ी की तो दौड़कर पास आई और पूछा—इस वक़्त किधर इकी ?

—डैड आ रहे हैं सुबह की फ्लाइट से।

वह ख़ुश हुई और बोली—इकी तुम कितने समझदार हो। फिर मेरे गले लग के कहा—लौटना और मेरे लिए आम-पापड़ दिल्ली से लाना न भूलना।

डैड हँसे।

—अब क्या करोगे इकी—जैनी का आम-पापड़ तो तुम लाए नहीं।

—लाया हूँ डैड। वह तो मैंने जाती बार ही ले लिया था।

डैड मुस्कुराए। देर तक सिर हिलाते रहे—हूँ... समझदारी की।

—क्यों डैड—

—मुझे भी पुरानी भूली-बिसरियों में से वह शकल याद आ रही है—पहली बार शहर गया तो भजनो बोली—मेरे लिए शहर से परांदा न लाए तो मैं तुमसे कभी न बोलूँगी।

—तो आपने लाकर दिया न—

डैड हँसने लगे और हँसते-हँसते खांसी छिड़ गई।

—आँखें पोंछकर कहा—कहाँ तो, मैंने परांदा लाना था और कहाँ उसने पहनना था। जब गाँव से निकला तो फिर वहाँ बरसों लौटा ही नहीं। जाने कहाँ-कहाँ भटकता हुआ पहुँच गया कनाडा। अब कहाँ गई होगी भजनो और कहाँ गया वह लड़का जो तुम्हारा बाप है।

—डैड, आज आपको नहीं छोड़ेंगे—स्कॉच पार्टी—हिप्पियों को भी दावत देंगे। जमेगी।

पट्टीवाल नज़र आने लगा था। खेत-खलिहान धूप में चमकते। हरियाली में लहराती रंग-बिरंगी ओढ़नियाँ। लाल, पीली, हरी, गुलाबी।

डैड ने मग्न होकर कहा—इकी बाय, दिल में आता है कि कुछ देर गाँव में भी रहा जाए। बचपन याद आ जाता है। सुबह-सुबह गले में बस्ता डाल स्कूल के लिए निकलना। मेहरबान कभी-कभी मुझे घोड़े पर बिठा लेता।

इकी ने पुरानी उम्र की इस बड़बड़ाहट को कहाँ सुनना था। सामने गुरुद्वारे पर लहराता निशान साहिब देख डैड ने कहा—पहले माथा टेक लें!

—डैड, वह ब्रेकफास्ट पर इन्तज़ार कर रही होगी।

हवेली के मेहमान घर के सामने इकी ने जीप रोक दी। ड्योढ़ी के आगे बैठे बन्ता सिंह और सन्ता सिंह दोनों सत्कार के लिए हाथ जोड़ खड़े हो गए।

—सतश्री अकाल।

सूटकेस उठा बन्ता सिंह ने ऊपर मेहमान घर में रख दिया।

दोनों नहा-धो नाश्ते के लिए बैठे तो डैड ने कहा—हमारी बीबीरानी को तो बुलाओ।

—जी बीबीरानी तो दादी के साथ गुरुद्वारे गई है।

सन्ता सिंह ने मेज पर से चिट उठा बड़े दारजी के हाथ में पकड़ा दी—आपके लिए है।

"वैलकम अंकल। नाश्ते के बाद गुरुद्वारे पहुँचिए।"

जैनी।

डैड ने बेटे से कहा—हम भी गुरु के दरबार में माथा टेक लें तो कैसा। आकर नाश्ता करेंगे।

सन्ता सिंह ने हाथ जोड़े—

—नाश्ता करके ही जाइए। नहीं तो जैनी बेटी हमें न बक्शेगी।

डैड ने समझाया—हम अभी आए माथा टेक कर।

जीप के स्टार्ट होते ही बन्ता सिंह और सन्ता सिंह ने एक दूसरे को सैनत मारी। अब सब कुछ जगजाहिर है। देखने दो—गुरुद्वारे के दाएँ बनी पंचायत के सामनेवाले मैदान में कारों की लम्बी कतारें।

गाँव में इतनी गाड़ियाँ। अचरज। गुरुद्वारे की ओर मुड़ते ही लाउडस्पीकर पर 'आनन्द' की महिमा गूँजने लगी थी।

आनन्द भया मेरी माय
सतगुरु मैं पाइया
सतगुरु त पाइया
सहज सेती मन वजीयाँ बधाइयाँ।
राग रत्न परिवार भरीया
सबद गावन आइयाँ
सबदी त गावहु हरी केरा
मन जिन्ही बसाइया
कहे नानक आनन्द होय।
सतगुरु मै पाइया—

जयकारा गूंजा।

जो बोले सो निहाल—

जीप किनारे लगाई। जोड़े उतारे। पाँव धोए और गुरुद्वारे का आँगन पार किया। अरदास का समापन हो चुका था और साध-संगत प्रसाद पा रही थी।

दोनों ने भेंट चढ़ा माथा टेका। खड़े हुए तो सकते में आ हकबका गए।

सामने खड़े हैं दूल्हा-दुलहन के वेश में जैनी और ज़ोरावर सिंह।

इकी ने खूँखार लपलपाती आँखों से डैड की ओर देखा। हाथ तेजी से हिप पाकेट की ओर लपका कि डैड ने भाँपकर पलक झपकते बेटे की कलाई जकड़ ली।

ख़ामोशी से तरेरा—गुरु के थान में—कभी नहीं।

जैनी ने देखा और नहीं देखा। ज़ोरावर ने अट्टारीवाली आँख उठाई और बहुत कुछ देख लिया।

जैनी ग़लत नहीं थी।

जैनी ने ज़ोरावर की बाँह थामी और क़दम आगे बढ़ाया—जोरसी, अंकल से मिलो।

ज़ोरावर ने दामाद की तरह ससुर को पैरीपौना किया।

—जोरसी, यह इकी है। मेरे बचपन का प्यारा दोस्त।

फिर हँस-हँसकर इकी और ज़ोरावर की ओर देखा—तुम दोनों को एक दूसरे को बर्दाश्त करना होगा।

दोनों ओर से हाथ एक दूसरे को तोलते रहे।

—अंकल, आज आपके लिए एक और .ख़ुशी—यह देखिए रेशल की गोद में इकी का बेटा और आपका पोता !

फोटो अंकल के हाथ में धड़कने लगी—

इकी दाँत पीसता हुआ जैनी के आगे जमा रहा। आँखों से उसे तरेरता रहा। ज़ोरावर ने अपनी दुल्हन को बाँह से घेरकर कहा—दादी माँ के पास चलें।

हतप्रभ डैड ने हाथ में पकड़ी फोटो अपनी आँखों

से चुराकर पाकेट में डाल ली। इकी की ओर बिना देखे उस पर लानत फेंकी।

—नालायक। बिना बताए बाप से अनर्थ करवाने को था। सब कुछ हाथ से गया—

जैनी और ज़ोरावर ने बारी-बारी दादी और साहिबा माँ के पाँव छूए तो बैरी ख़ानदानों की पुरानी कहानियाँ आँखें पोंछती दिखीं। दादी ने साहिबा को गले लगा सिर पर प्यार फेरा—पुत्तर साहिबा, आज मेहरबान भी यहाँ होता तो समय कैसा सजता—

साहिबाँ कौर ने जाने कैसी आँखों से पहले बेटे ज़ोरावर की ओर देखा फिर जैनी को चूमकर कहा—माँ जी अब जैनी है न हमारे साथ—उनकी बेटी !

ज़ोरावर मुस्कुराए।

एक चोर नज़र इकी तक पहुँचाई।

●●●